Ein Sommer mit Fred

Maya Lichtenberg

Bibliografische Information der Deutschen Nationalbibliothek: Die Deutsche Nationalbibliothek verzeichnet diese Publikation in der Deutschen Nationalbibliografie; detaillierte bibliografische Daten sind im Internet über http://dnb.dnb.de abrufbar.

© Maya Lichtenberg 2016
Lektorat: Amrei Korda
Korrektorat/Satz: Stefan Stern – www.wortdienstleister.de
Covermotiv: © Ninja Factory – www.fotolia.de

Herstellung und Verlag: BoD – Books on Demand, Norderstedt

ISBN: 978-3-7412-7618-7

Inhaltsverzeichnis

Verleugnung	7
Ärger	22
Verhandlung	43
Depression	62
Akzeptanz	78
Leben	97

Die ersten fünf Kapitelüberschriften orientieren sich an den fünf Sterbephasen nach Elisabeth Kübler-Ross (*On Death and Dying, 1969*)

Verleugnung

Es war ein schöner, milder Frühlingstag, als Nadine Fred das erste Mal gewahr wurde.

Unpassend zur Jahreszeit trug sie warme Kleidung, die Herbstkollektion eines bekannten italienischen Designers, die in der Toskana abgelichtet wurde. Kleidung, die sie sich selbst nicht hätte leisten können, obwohl sie gar nicht so schlecht im Geschäft war. »Das wird noch«, hatte ihre Betreuerin bei der Modelagentur jedes Mal gesagt, wenn Nadine fragte, wann denn nun endlich ihr großer Durchbruch kommen würde. Selina betreute Dutzende junger Frauen; wahrscheinlich sagte sie ihnen allen das Gleiche.

»Den Kopf ein bisschen mehr zu mir, schau mich an!«

Während Nadine die Anweisungen des Fotografen befolgte, schweiften ihre Gedanken ab zu ihrem Freund. Alphonse war Franzose, ebenfalls Model. Sie hatten sich vor vier Monaten bei einem Shooting in Marokko kennengelernt. Erst letzte Woche hatte er vorgeschlagen, dass sie nach Paris ziehen solle. Mailand, wohin ihre Agentur sie geschickt hatte, sei doch nur zweite Liga in der Modewelt.

Zwar hatte Alphonse nur von ›nach Paris ziehen‹ und nicht von ›zu mir ziehen‹ gesprochen, aber Nadine ging selbstverständlich davon aus, dass das eine das andere beinhaltete. Warum sonst hätte er es vorschlagen sollen?

Sie musste Selina anrufen. Zwar hatte die Münchener Modelagentur bessere Connections nach Mailand als nach Paris, aber Alphonse würde ihr bestimmt helfen, an Jobs zu kommen.

Der Fotograf trat zu ihr, hob ihr Kinn mit den Fingern etwas an, schob ihre Hüfte mit der flachen Hand nach hinten, dann griff er ihr seitlich an den Brustkorb, um ihren Busen ins rechte Licht zu rücken, wobei seine Finger ihre linke Brust berührten. An solche Grapschereien hatte Nadine sich schon gewöhnt, sie ließ sie gleichgültig über sich ergehen. Wer muckte, galt schnell als schwierig und hatte es schwer, an neue Aufträge zu kommen.

Diesmal jedoch war etwas anders als sonst. Der Fotograf drückte ungewöhnlich ausgiebig auf ihrer linken Brust herum. Es fühlte sich unangenehm an, nicht schmerzhaft, aber auf eine Art unangenehm, die eine Gänsehaut an ihrem ganzen Körper verursachte und ein Kribbeln durch ihre Nervenbahnen jagte. Es lag nicht nur an der Erniedrigung und der Verletzung ihrer Intimsphäre, da war noch etwas anderes. Ein Gefühl, als ob das, was er machte, etwas sehr, sehr Schlimmes auslösen würde.

Sie wollte gerade aufbegehren, als er meinte: »Dein Silikonkissen ist geplatzt.«

»Das ist kein Silikon, das ist alles echt«, antwortete Nadine empört und lehnte sich zurück, um ihm ihren Busen zu entziehen. Die plötzliche Aufmerksamkeit am Set war ihr unangenehm.

»Nein, wirklich, fühl doch mal«, sagte er und drückte erneut auf ihrer linken Brust herum.

»Nimm deine Pfoten von mir, es ist alles okay!«, zischte sie. Am liebsten hätte sie ihm eine Ohrfeige verpasst. Seine Annäherungsversuche gingen ihr eindeutig zu weit.

»Tonia, komm doch mal her und sag mir, dass ich recht

habe!«, rief der Fotograf nun auch noch und winkte eine kleine Brünette herbei, die das Shooting überwachte.

»Lass sie in Ruhe, das stört auf den Bildern doch nicht«, sagte Tonia ruhig. »Ihre Silhouette sieht perfekt aus.«

Nadine warf der Frau einen dankbaren Blick zu und stellte sich wieder in Positur, kaum dass der Fotograf seine Hände von ihrem Busen genommen hatte.

Das unangenehme Gefühl aber blieb und breitete sich in jeder Zelle ihres Körpers aus.

*

Spätabends, als sie in Mailand in ihrer WG unter der Dusche stand, hatte sie sich immer noch nicht beruhigt. Leider passierte es ab und an, dass Männer übergriffig wurden. Man hatte ihnen früh klargemacht, dass das zum Geschäft gehörte. Die meisten Frauen akzeptierten es und hielten still. Einige zerbrachen irgendwann daran.

Nadine jedoch lag die Opferrolle nicht. Sie ließ sich nicht alles gefallen, auch wenn sie wusste, dass sie trotz ihres guten Aussehens nur eine von vielen war. Das Modelbusiness war hart, die Konkurrenz ebenfalls.

Sie hatte mit siebzehn die Schule geschmissen und war von München nach Mailand gezogen, gegen den Willen ihrer Eltern, die wollten, dass sie das Abitur machte. Das Modeln könne sie später doch immer noch als Hobby während des Studiums betreiben, hatten sie argumentiert.

Aber Nadine hatte keine Lust auf Schule, Studium und die spießbürgerliche Enge ihres Münchener Elternhauses gehabt. Sie wollte weg von alldem. Italien und die weite Welt lockten.

Damals hatte sie noch nicht gewusst, dass man sich für

Modeljobs bewerben musste, zu Castings und Go-Sees gehen musste, manchmal ein halbes Dutzend am Tag. Sie hatte geglaubt, dass ihre Agentur ihr die Jobs verschaffen würde, und dass zwei Tage Fotoshooting in der Karibik die Miete fürs ganze Jahr bezahlen würden.

Doch das Glück hatten nur einige Supermodels, die ungesehen gebucht wurden.

Nadine seifte sich ein, um die Erinnerung an die Berührungen des Fotografen von ihrem Körper zu waschen. Sie war berufsbedingt sehr schlank, hatte aber trotzdem Kurven, auf die sie verdammt stolz war. Sie waren ihr Kapital. Mit diesem Körper musste sie doch einfach auf die Titelblätter der großen Modemagazine kommen!

In Gedanken an ihre Zukunft glitten ihre Hände über ihre Haut. Dann erstarrte sie. An der oberen Außenseite ihrer linken Brust war eine harte Stelle zu spüren, etwa erbsengroß.

Wie konnte das sein? Sie trug doch gar keine Implantate.

Kopfschüttelnd trocknete sie sich ab, cremte sich ein und zog einen leichten Pyjama über.

Die Erbse würde schon wieder verschwinden.

*

Während der nächsten Woche hatte sie ein paar Tage frei und flog nach Paris, um Alphonse zu besuchen. Er war gerade von einem Shooting in Kapstadt zurückgekommen.

Wie jedes Mal, wenn sie ihn sah, beschleunigte sich Nadines Herzschlag. Er sah so unglaublich gut aus: die blonden, relativ langen Haare, die in der Sonne goldfarben glänzten; die strahlend blauen Augen; der perfekt geschwungene, sinnliche Mund; der sportliche, gebräunte Körper. Alphonse war bei einem bekannten Modelabel unter Vertrag, für das er auch Modeschauen lief. Er hatte es geschafft, wie man so schön sagte, obwohl er erst zweiundzwanzig war.

Sie war neunzehn. Ob sie in drei Jahren auch so erfolgreich wäre wie er? Als Frau galt man in dem Business früh als zu alt.

Alphonse wohnte in einem kleinen Appartement in der Nähe des Montmartre. Nadines anfängliche Aufregung, weil sie ihn zum ersten Mal in seiner Wohnung besuchte, schlug schnell in Ernüchterung um. Das Wohnzimmer war eng und dunkel und wirkte nicht besonders einladend, und das Schlafzimmer, in ihren Träumen die romantische Kulisse für lange Liebesnächte, entpuppte sich als ziemlich unordentlich. Vielleicht konnten sie gemeinsam eine größere, schönere Wohnung mieten? Von sich aus mochte sie das Thema Zusammenleben nicht ansprechen, auch wenn Alphonse davon angefangen hatte. Sie wollte ihn nicht drängen.

»Ich habe übrigens morgen ab mittags ein Shooting«, eröffnete er ihr bald nach ihrer Ankunft. »Hab's gestern erst erfahren. Du kannst dir ja in der Zeit Paris ansehen.«

Nadine bemühte sich, ihre Enttäuschung zu verbergen. Unter normalen Umständen hätte sie sich gefreut, die Stadt zu erkunden. Sie war früher schon einige Male in Paris gewesen und liebte das französische Flair. Aber diesmal war sie hergekommen, um Zeit mit ihrem Freund zu verbringen, nicht zum Sightseeing.

Dennoch folgte sie Alphonse tapfer die halbe Nacht lang durch diverse Pariser Clubs. Als Model achtete er streng darauf, was er aß, nicht jedoch auf das, was er trank. Als sie gegen drei Uhr morgens wieder vor seinem Haus standen, musste sie ihm die Treppe hinaufhelfen, so betrunken war er.

An eine Liebesnacht war nicht zu denken – sie schlief schnell ein und wachte erst gegen Mittag auf. Alphonse lag noch neben ihr. Um wie viel Uhr er wohl aufstehen musste?

Nadine freute sich, dass er da war, und kuschelte sich in seinen Arm, den er quer über dem Bett ausgebreitet hatte. Von draußen hörte sie den Lärm der Großstadt, aber hier drinnen fühlte sie sich geborgen.

Leider hielt das Gefühl nicht lange an. Alphonse wachte langsam auf, streckte sich, entzog ihr, wahrscheinlich unbeabsichtigt, seinen Arm und unterbrach damit ihre träumerischen Gedanken.

»Guten Morgen«, flüsterte sie und wollte ihn küssen.

»Wie spät ist es?« Er fuhr hoch, warf einen Blick auf den Radiowecker auf dem Nachttisch und sprang dann fluchend aus dem Bett. »Warum hast du mich nicht geweckt? Ich komme zu spät.«

Sie hätte ihn darauf hinweisen können, dass sie ja gar nicht gewusst hatte, wann er aufstehen musste. Außerdem hätte er sich den Wecker stellen können. Sie sagte nichts von alledem, sondern sah schweigend zu, wie er sich eilig fertigmachte. »Bis heute Abend!«, rief er im Gehen.

Als Alphonse weg war, blieb sie noch eine Weile im Bett liegen und lauschte den Geräuschen draußen vor dem Schlafzimmerfenster. Schließlich stand sie auf und machte sich auf die Suche nach etwas Essbarem.

In der kleinen Küche fand sie Kaffeekapseln. Die dazugehörige Kaffeemaschine suchte sie allerdings vergeblich.

Im Kühlschrank befanden sich eine Wodkaflasche und ein Becher Joghurt, dessen Haltbarkeitsdatum um zwei Wochen überschritten war. Auf der Anrichte lagen jede Menge Krümel und ein steinhartes Stück Baguette.

Paris, die Stadt der Liebe und des guten Essens? Momentan wohl eher nicht. Seufzend machte Nadine sich fertig und verließ das Haus, um wenigstens Letzteres zu finden.

In einem kleinen Bistro bekam sie einen guten Café au lait. Die Croissants in der Theke sahen so verlockend aus, dass sie entschied, das Kalorienzählen ausnahmsweise einmal bleiben zu lassen. Schließlich war Mittagszeit, sie hatte das Frühstück quasi gespart. Wenn sie schon in Paris war, dann wollte sie sich auch wie eine Französin fühlen.

Nadine kaufte sich ein Métro-Ticket und fuhr zu den Champs-Élysées. Der Prachtboulevard war für sie der Inbegriff des Pariser Chic. Sie schlenderte an den Schaufenstern bekannter Modedesigner vorbei und verliebte sich spontan in eine Handtasche aus pinkfarbenem Leder. Der Preis war exorbitant, aber sie wollte etwas haben, was sie an Paris und an Alphonse erinnerte.

Irgendwann wurden ihr der Verkehr und die Menschenmassen zu anstrengend, und sie suchte Ruhe im Park der Tuilerien.

Inzwischen war es früher Abend. Alphonse hatte sich noch nicht bei ihr gemeldet. Nadine rief ihn an, aber sein Handy war ausgeschaltet. Normal während eines Shootings, redete sie sich ein und machte sich langsam auf den Weg zurück nach Montmartre.

Sie stand schon vor der Haustür, als ihr einfiel, dass sie keinen Schlüssel hatte. Alphonse hatte ihr keinen gegeben.

Diesmal kam ihr Anruf bei ihm durch, aber er nahm nicht ab.

Zumindest gab ihr das Zeit, Montmartre zu erkunden. Steile, teils enge Gassen und lange Treppen prägten das Viertel auf dem Hügel. Künstler und Touristen schoben sich durch die Straßen. Sie alle schienen nur ein Ziel zu haben: die weiße Kirche Sacré-Cœur auf der Hügelkuppe.

Nadine ließ sich vom Menschenstrom hinauf treiben. Der Platz vor der Kirche schien bei Touristen und Liebespaaren gleichermaßen beliebt zu sein. Sie wünschte sich, Alphonse wäre bei ihr. Zu gerne hätte sie ihre Erlebnisse mit ihm geteilt. Oder überhaupt jemanden bei sich, der ihr etwas bedeutete.

In München hatte sie viele Freunde gehabt. Die meisten von ihnen hatten das Abitur gemacht und eine Ausbildung oder ein Studium begonnen, eine hatte auch geheiratet. Inzwischen war der Kontakt mit allen abgerissen.

In Mailand hatte sie einige Leute kennengelernt, aber wirkliche Freundschaften hatten sich bisher nicht ergeben. Die Bewohnerinnen der Model-WG, in der ihre Agentur sie untergebracht hatte, wechselten oft. Bei Castings oder Go-Sees stand der Konkurrenzgedanke im Vordergrund. Man freundete sich nicht mit jemandem an, der einem womöglich den nächsten lukrativen Job vor der Nase wegschnappen würde. Hinter den Kulissen der schönen Scheinwelt herrschten Neid und Missgunst.

Mit den virtuellen Kontakten auf diversen Social-Media-Seiten tröstete sie sich über fehlende Freunde hinweg. Solange sie ihren Fans eifrig Häppchen aus ihrem vermeintlich glamourösen Modelleben schickte, fühlte sie sich nicht einsam.

Schnell machte sie ein Foto der Kirche und lud es hoch.

 14

Von dort aus würden das Bild und ihr Kommentar dazu automatisch bei einem halben Dutzend anderer Seiten gepostet werden, die gerade angesagt waren.

Das erste gemeinsame Foto von Alphonse und ihr hatte viel Aufmerksamkeit erregt, war sogar von einigen Klatschblättern aufgegriffen worden. Manche Journalisten hatten vermutet, dass sie sich nur an ihn rangeschmissen habe, um selber bekannt zu werden. Natürlich war das Unsinn. Alphonse war derjenige gewesen, der sie angesprochen hatte.

Aber wenn sie erst einmal offiziell zusammenzogen, womöglich sogar heirateten, wäre das alles vergessen. Noch fühlte Nadine sich allerdings zu jung dazu. Sie wollte zuerst ihr Leben genießen.

Nadine blickte auf Paris zu ihren Füßen. Traumstadt, Traumjob, Traummann. Sie konnte sich wirklich glücklich schätzen.

Sicher, manchmal vermisste sie München, ein regelmäßiges Einkommen, ernsthafte Gespräche. Die Branche verkaufte Träume, keine Realität. Probleme wurden meistens totgeschwiegen.

Sie warf einen Blick auf ihr Handy, aber das war ebenfalls tot. Akku leer, obwohl sie die Internetfunktion vorhin deaktiviert hatte.

Was nun? Sollte sie zu Alphonse' Wohnung zurückgehen, in der Hoffnung, dass er zwischenzeitlich aufgetaucht war, oder noch eine Weile hier oben bleiben?

Die Entscheidung wurde ihr von einigen nordafrikanischen Männern abgenommen, die wahllos, aber penetrant jede junge Frau ansprachen. Da verzichtete sie doch lieber auf den Blick und verirrte sich noch eine Weile im Gewühl der Gassen.

Sie wandte sich von Sacré-Cœur ab. In Kirchen ging sie grundsätzlich nicht.

Hinter den Fenstern von Alphonse' Wohnung brannte kein Licht. Nadine war nicht wirklich erstaunt, als auf ihr Klingeln hin niemand öffnete.

Allmählich wurde sie hungrig. Außer dem Croissant hatte sie heute noch nichts gegessen. Aber allzu weit weg wollte sie nicht gehen, für den Fall, dass Alphonse bald nach Hause kommen würde.

Sie kaufte sich einen Galette, einen Buchweizenpfannkuchen mit einer herzhaften Füllung aus Gemüse und Käse, und biss mit schlechtem Gewissen hinein. Die Agentur hatte allen Models einen Kurs über gesunde Ernährung verordnet. Die meisten hielten sich sklavisch daran, aßen überwiegend Salat und Gemüse und ab und zu einen fettarmen Joghurt. Diejenigen, die Comfort Food in sich hineinstopften, waren schnell weg vom Fenster.

Nadine hatte ihren Heißhunger immer mit anderen Sachen zu stillen versucht. Sport, oder, wie jetzt, Liebe.

Sie setzte sich neben den Hauseingang und wartete auf ihren Freund.

Es war nach elf, als jemand sie unsanft an der Schulter rüttelte. »Warum bist du nicht ans Telefon gegangen?«

Nadine schreckte auf. Vor ihr stand Alphonse. »Tut mir leid, mein Akku war leer.«

»Warum sitzt du überhaupt hier?«

»Ich hatte keinen Schlüssel.« Sie rappelte sich auf. Er war da. Alles war gut.

Alphonse schloss auf und ging die Treppe hinauf. »Morgen Abend gibt mein Agent eine Party.«

»Ich fliege morgen Nachmittag zurück.«

»Stimmt. Hatte ich ganz vergessen.« Er pfiff eine

Melodie, während er sich ein Glas Wodka einschenkte. Pur, da nichts anderes da war. »Gehen wir gleich noch mal weg?«

»Sei mir nicht böse, aber ich war den ganzen Tag auf den Beinen und bin müde.« Nadine nahm sich ein Glas Leitungswasser. »Wie war denn dein Tag?«

»Ganz okay. Waren früh fertig und sind noch essen gegangen.« Er tippte auf seinem Handy herum, was sie daran erinnerte, dass sie ihrs aufladen musste.

Zehn Minuten später tippte er immer noch. Nadine fühlte sich an ein altes Ehepaar erinnert, das sich nach Jahrzehnten nichts mehr zu sagen hatte. Aber Alphonse und sie waren jung und gerade vier Monate zusammen.

»Ich gehe schon mal ins Bett«, sagte sie, in der Hoffnung, dass er ihren Wink verstehen würde.

Doch er schaute nicht einmal auf. »Tu das.«

»Kommst du gleich nach?«

»Klar.«

Eine halbe Stunde später saß er immer noch im Wohnzimmer. Bevor sie tatsächlich einschlief, was nicht ihre Intention gewesen war, stand Nadine schnell wieder auf, stellte sich in den Türrahmen und räkelte sich verführerisch.

Diesmal schaute Alphonse auf. Ein zufriedenes Lächeln glitt über sein Gesicht. Er legte das Handy weg und folgte ihr ins Schlafzimmer.

Anfangs hatte Nadine gedacht, dass alle Franzosen gute Liebhaber sein müssten. Doch Alphonse verhielt sich nicht besonders leidenschaftlich, was sie wahlweise auf zu viel Arbeit, zu viel Alkohol oder zu viel Ablenkung geschoben hatte. An diesem Abend keimte in ihr der Verdacht, dass es zwischen ihnen an Gefühl fehlte, zumindest von seiner Seite. Fast kam es ihr vor, als würde er mehr Wert auf seine Performance als auf ihren Genuss legen. Als ob irgendetwas zwischen ihnen sei, das sie trennte, anstatt sie zu verbinden.

»Du hast da was«, sagte Alphonse und tippte auf die Erbse in ihrer linken Brust.

Nadine drehte sich weg. »Das ist nichts.«

*

»Das solltest du mal untersuchen lassen«, empfahl Aurora, eins von den Mädchen, mit denen Nadine die WG teilte. Sie war Italienerin und gab den anderen des Öfteren hilfreiche Tipps in allen möglichen Dingen.

»Ach, ich habe gar keine Zeit, zum Arzt zu gehen«, wiegelte Nadine ab. Sie fühlte sich schließlich nicht krank. Außerdem war sie sich nicht sicher, ob sie für Italien überhaupt eine Krankenversicherung hatte.

»Das dauert sowieso, bis du hier einen Termin bekommst. Hast du einen Hausarzt?«

Nadine schüttelte den Kopf. Sie war seit zwei Jahren bei keinem Arzt mehr gewesen. Wozu auch? Die üblichen Schmerzmittel bekam man in der Drogerie oder Apotheke, und als sie sich einmal bei einem Fotoshooting verletzt hatte, hatte man einen Arzt kommen lassen.

Sollte sie Selina anrufen und fragen, wie sie versichert war? Da die Erbse schon mehreren Leuten aufgefallen war, sollte sie damit vielleicht doch einmal zu einem Fachmann gehen. Ein kurzer Termin, nur zur Beruhigung.

Prinzessin mit der Erbse, und Alphonse als Prinz. Nadine kicherte. Sie war halt etwas Besonderes.

Dass die Erbse sich langsam zu einer Haselnuss entwickelte, ignorierte sie. So etwas passte nicht in ihr Märchen.

*

Der Arzt, den Aurora ihr genannt hatte, war schon etwas älter und sprach weder Englisch noch Deutsch. Obwohl Nadine seit fast zwei Jahren in Mailand lebte, beherrschte sie lediglich die Grundbegriffe der italienischen Sprache. Es war ihr schlichtweg nicht wichtig erschienen, mehr zu lernen, da in der Modewelt alle englisch sprachen.

Sie bemühte sich, den Ausführungen des Doktors zu folgen. Sie sei noch jung, da hätten viele Frauen Hormonschwankungen, so viel verstand sie. Solange nichts schmerzte oder größer wurde, sei so etwas normal. Es könne sich einfach um eine Zyste oder einen vergrößerten *linfonodo* handeln. Sie solle es beobachten und bei Problemen wiederkommen.

Linfonodo klang lustig. So melodisch. Nadine notierte sich das Wort, um Aurora nach seiner Bedeutung zu fragen.

Selbst wenn die Verhärtung inzwischen deutlich spürbar war, Schmerzen hatte sie keine. Wenn der Arzt sagte, dass so etwas bei jungen Frauen normal sei, dann wollte sie ihm nur zu gerne glauben.

»*Linfonodo* bedeutet Lymphknoten«, übersetzte Aurora, als Nadine von dem Termin berichtet hatte. »Die sind bei Entzündungen oft geschwollen.«

Das hatte sie als Jugendliche ein paarmal gehabt, wenn auch am Hals. Die Schwellungen waren nach einer Weile wieder verschwunden. So würde es auch diesmal sein.

*

Wer tatsächlich immer mehr aus ihrem Leben verschwand, war Alphonse. Sie hatte schon seit einer Weile nichts mehr von ihm gehört.

Dafür hatte er mehrere Fotos gepostet, die ihn mit einer Blondine im Bikini am Strand zeigten. Einer Frau, die zwar so aussah wie Nadine, aber nicht Nadine war. Die saß nämlich in Mailand, wo der nächste Strand über hundert Kilometer entfernt war.

Ihre Frage, wer die Frau sei, ignorierte Alphonse, genauso wie die, wann sie sich wiedersehen würden.

Stattdessen lichtete eine britische Boulevardzeitung ihren Freund und die Blondine auf dem roten Teppich bei einer Modenschau ab und behauptete, er habe sie als seine Verlobte präsentiert.

Gerne hätte Nadine Alphonse zur Rede gestellt, aber er hatte sie auf seinen Social-Media-Kanälen blockiert und ging nicht ans Telefon, wenn sie anrief. Obwohl sie normalerweise nichts auf die Klatschpresse gab, sah es so aus, als wäre ihr Freund zu ihrem Ex-Freund geworden.

Nadine war erstaunt, wie wenig sie diese Tatsache berührte.

Sorgen bereitete ihr dagegen ihre Auftragslage, die ziemlich mau aussah.

»Zum Herbst hin gibt es wieder mehr Aufträge, das war doch letztes Jahr auch so«, vertröstete Selina sie. »Oder du gehst den Sommer über nach Kapstadt oder Miami, da gibt es normalerweise mehr Jobs.«

Den Sommer in Mailand zu verbringen, hatte Nadine wenig Lust. Es war heiß und das Meer weit weg.

Aber wo sollte sie hingehen? Paris ohne Alphonse

würde sie nur deprimieren, Südafrika oder Florida waren ohne Aufträge in Sicht teuer, und in München fühlte sie sich auch nicht länger zu Hause.

Erschreckend, aber wahr: Mit gerade einmal neunzehn hatte sie nichts außer ihrem guten Aussehen. Keine Freunde, keinen Traummann, keinen Job.

Nur eine Erbse in der linken Brust.

Ärger

»Sie haben einen Tumor.«

Nur ein kurzer Satz, und doch so folgenschwer. Nadine schluckte. »Aber er ist doch gutartig?«

»Das wissen wir zum jetzigen Zeitpunkt noch nicht. Wir müssen eine Biopsie durchführen. Am besten sofort. Nehmen Sie kurz im Wartezimmer Platz, wir bereiten derweil alles vor.«

Der Gedanke, dass jemand in ihre Brust stechen würde, um Gewebe zu entnehmen, verursachte Nadine Übelkeit. »Ich kann nicht.«

Der Arzt missverstand sie. »Dann lassen Sie sich einen Termin für morgen geben. Der Eingriff wird ambulant durchgeführt und dauert nicht lange.«

Wie in Trance verabschiedete sie sich und verließ die Praxis. Auf die Idee, am Empfang einen Termin auszumachen, kam sie gar nicht.

Ein Tumor. Ein Fremdkörper, etwas, was sich in ihr breitmachte, in ihr wuchs. Etwa haselnussgroß, aber keine Haselnuss.

Es hatte zu nieseln begonnen, doch Nadine nahm es kaum wahr. Eine kalte Angst hatte sie erfasst, die das Gefühl für Raum und Zeit verdrängte und sie stärker frösteln ließ als der kühle Nieselregen.

Sie setzte sich auf eine Bank unweit der Praxis und versuchte, ihre Gedanken zu sortieren.

Gestern war sie in München angekommen und hatte in einem preisgünstigen Hostel eingecheckt. Ihre Eltern anzurufen und ihnen zu sagen, dass sie den Sommer in München verbringen wollte, hatte sie sich bisher nicht getraut.

Ihr ursprünglicher Plan war gewesen, eines Tages einfach unangemeldet vorbeizugehen. Eines Tages, wenn sie den Mut dazu hatte. Mehr, als ihr die Tür vor der Nase zuzuschlagen, konnten ihre Eltern kaum machen. Vielleicht bestand sogar die Chance, sich mit ihnen zu versöhnen.

Jetzt allerdings sah die Sache etwas anders aus.

Die Idee mit dem Arztbesuch für eine zweite Meinung war ihr spontan gekommen. Die Praxis unweit des Hostels hatte hell und modern ausgesehen, und als sie sagte, dass sie privat zahlen würde, war das Personal sehr freundlich gewesen und hatte schnell einen Termin für sie gehabt.

Einen Termin, der ein fettes Loch in ihr ohnehin dünnes finanzielles Polster riss, denn weil sie die Schule abgebrochen hatte und nach Italien gegangen war, war sie nicht mehr über ihre Eltern krankenversichert.

Biopsie oder Nichtbiopsie, das war keine Frage: Sie hatte das Geld für den Eingriff und die Laborkosten schlichtweg nicht.

Obwohl es nur leicht nieselte, war Nadine inzwischen bis auf die Haut durchnässt. Sie fröstelte. Nur jetzt nicht krank werden, schoss es ihr durch den Kopf. Die Ironie dieses Gedankens jagte ihr ein weiteres Frösteln den Rücken hinunter.

Ein Tumor konnte auch harmlos sein. Sie versuchte, in sich hinein zu fühlen, sich den Fremdkörper in ihrer Brust vorzustellen, aber es gelang ihr nicht. Vielleicht handelte es sich doch um eine Fehldiagnose? Auch Ärzte konnten sich schließlich irren.

Sie fühlte sich nicht krank. Wenn sie sich nicht krank fühlte, konnte sie auch nicht krank sein. Ergo war sie gesund. Sie hatte lediglich eine Haselnuss in der Brust.

*

»Sag bloß, du hast dich nicht privat krankenversichert, wie wir es dir empfohlen haben?«

Das war nicht die Reaktion, die Nadine sich von Selina erhofft hatte. »Sag mir einfach, wie ich an eine Krankenversicherung komme.«

»Um weiterhin kostenlos über deine Eltern krankenversichert zu sein, verdienst du zu viel. Du musst dich selber versichern. Eine private Krankenversicherung ist gar nicht so teuer, wenn du jung bist und die Gesundheitsprüfung positiv ausfällt.«

Nadine brach bereits beim Wort ›Gesundheitsprüfung‹ der Schweiß aus. »Was ist mit der gesetzlichen Krankenversicherung?«

»Du bist nicht angestellt, also könntest du dich höchstens freiwillig versichern. Ruf einfach bei deiner alten Krankenkasse an und frag nach. Dafür musst du aber in Deutschland gemeldet sein. Sie zahlen auch nur für die Behandlungen hier, nicht in Italien, schon gar nicht, wenn du dauerhaft dort lebst.«

Natürlich hatte Nadine keinen Schimmer, bei welcher Krankenkasse sie früher versichert gewesen war. Um solche Dinge hatte sich immer ihr Vater gekümmert. Ironischerweise arbeitete er sogar für einen Versicherungskonzern, wenn auch im Risikocontrolling. Nadine hatte nie verstanden, was er dort genau machte, und hatte auch nie nachgefragt, was sie jetzt bedauerte.

Sie wartete bis zum Sonntagvormittag. Zu dieser Zeit waren ihre Eltern früher meistens zu Hause gewesen. Der Sonntagsgottesdienst war vorbei, und die Vorbereitungen für das Mittagessen hatten noch nicht angefangen.

Im Vorgarten standen drei neue Gartenzwerge. Ansonsten sah das kleine Reihenhäuschen in dem Münchener Vorort noch genau so aus, wie sie es in Erinnerung hatte.

Nadine wischte ihre verschwitzten Handflächen an ihrem Kleid ab und umklammerte den Griff ihrer neuen Handtasche. Sie hatte sich mit Bedacht zurechtgemacht. Das lange blonde Haar hatte sie zu einem braven Zopf gebunden, das Kleid war oben züchtig geschlossen und ging unten bis zum Knie, die dazu passenden Sandalen waren elegant, aber flach.

Trotzdem war sie nervöser, als sie es sich eingestehen wollte. Zwar hatte sie diverse Eröffnungssätze einstudiert, aber je nachdem, wer die Tür öffnen und wie er oder sie reagieren würde, musste sie improvisieren.

Sie holte noch einmal tief Luft und drückte auf den Klingelknopf.

Erst geschah nichts. Dann bewegte sich die Küchengardine. Das musste ihre Mutter sein. Nadine wollte schon aufatmen, als ihr Vater die Tür aufriss. »Was willst du denn hier?«

Welcher ihrer Eröffnungssätze passte am besten zu diesem Empfang? »Ich wollte euch besuchen.«

»Das hättest du dir sparen können.« Er wollte ihr doch tatsächlich die Tür vor der Nase zuknallen.

In diesem Moment schob sich ihre Mutter dazwischen. »Nadine, Liebes, schön, dich zu sehen. Komm doch rein.«

Ihr Vater knurrte unwillig, trat aber einen Schritt zurück.

Auch drinnen sah es noch genau so aus wie vor ihrem Weggang. Die durch einen Tresen abgetrennte, halb offene Küche mit den weißen Spitzengardinen, das Reich ihrer Mutter. Auf der anderen Seite das Wohn- und Esszimmer mit dem Tisch und den vier Stühlen. Auf dem Tisch lag die Tischdecke, die sie ihren Eltern vor drei Jahren zu Weihnachten geschenkt hatte. Immerhin. Hinter den cremefarbenen Gardinen sah sie den kleinen Garten durchschimmern. Die Schrankwand und die schlammfarbene Sofagarnitur waren so alt wie sie. Lediglich der Fernseher war neu. Ansonsten wirkte es, als wäre die Zeit stehen geblieben.

»Möchtest du einen Kaffee?«

»Gerne.« Nadine stellte ihre pinkfarbene Handtasche auf den Esstisch und nahm Platz, während ihre Mutter geschäftig in der Küche umherging, Kaffee zubereitete und Geschirr, Besteck, Milchkännchen und Zuckerdose auf den Küchentresen stellte.

Ihr Vater hatte sich derweil aufs Sofa gesetzt, im rechten Winkel zu ihr, so dass er sie nicht ansehen musste. Da er keine Anstalten machte, den Tisch zu decken, stand Nadine auf und übernahm diesen Part.

»Meine Tochter macht Nacktfotos. Weißt du eigentlich, wie ich mich fühle, wenn mich die Nachbarn auf dich ansprechen?«, sagte ihr Vater Richtung Wohnzimmerwand.

Viele Eltern wären stolz auf ihren Erfolg als Model gewesen. Nicht so ihr Vater.

»Das waren Bademoden, keine Nacktfotos!«, widersprach sie, obwohl sie sich vorgenommen hatte, ruhig zu bleiben. So weit würde sie nie gehen.

Aber ihr Vater hatte sich bereits so in seine Rede hineingesteigert, die er anscheinend seit Jahren vorbereitet hatte, dass er nicht mehr aufhören konnte. »Schande hast du über uns gebracht, Schande! Die Leute zerreißen sich das Maul. Du bist genau wie deine Großmutter, die hat auch immer gemacht, was sie wollte. Hat auch nie Rücksicht auf andere genommen!«

Das tat weh. Ihre Großmutter mütterlicherseits, denn nur von ihr konnte er sprechen, war Nadine als liebevolle, wenn auch etwas sonderliche Frau mit merkwürdigem Kleidungsstil in Erinnerung. Auch sie hatte ihr Vater mit seinen permanenten Beschimpfungen vertrieben. Irgendwann während eines Streits verbat Johanna sich, dass er so mit ihr redete. Danach war sie nicht wiedergekommen.

Nadine war damals recht jung gewesen, vielleicht acht oder neun. Seitdem hatte sie ihre Großmutter nicht mehr gesehen. Sie wusste nicht einmal, ob sie noch lebte.

»Hier kommt der Kaffee!«, verkündete ihre Mutter betont fröhlich und stellte die Kanne auf den Tisch. Mit keinem Wort verteidigte sie ihre Tochter oder ihre eigene Mutter.

So kannte Nadine die Rollenverteilung von früher: Ihr Vater polterte, ihre Mutter kuschte, und ihre Großmutter machte ihr Ding.

War es ein Wunder, dass sie aus der Situation geflüchtet war, anstatt sich ihr zu stellen?

Wenn sie geblieben wäre und die Schule zu Ende gemacht hätte, wäre sie wahrscheinlich inzwischen wie ihre Mutter. Diese Rolle hatte ihre Familie ihr zugedacht.

Doch mit siebzehn alleine nach Italien zu gehen und Fotoshootings auf der ganzen Welt zu absolvieren, hatte sie selbstständig gemacht. Wahrscheinlich selbstständiger als ihre Mutter, die gerade mit gesenktem Kopf Kaffee einschenkte.

»Danke, Mama.«

Ein kurzer, liebevoller Blick war die Reaktion, gefolgt von einem schnellen schuldbewussten in Richtung ihres Vaters. Der machte keine Anstalten, sich zu ihnen zu gesellen.

»Wie geht es euch?«, fragte Nadine ihre Mutter.

»Was ist, brauchst du Geld?«, fuhr ihr Vater barsch dazwischen, bevor ihre Mutter antworten konnte. »Damit du es für hässliche Handtäschchen aus dem Fenster werfen kannst?«

Ihre Tasche aus Paris hatte er also wahrgenommen. Nadine legte unwillkürlich die Finger um den Griff. »Nein.«

»Hättest du mal was Anständiges gelernt, dann hättest du jetzt keine Probleme!«, polterte ihr Vater, ohne ihre Antwort überhaupt zur Kenntnis zu nehmen. »Mach endlich eine vernünftige Ausbildung, dann verdienst du dein eigenes Geld und musst dich nicht ausziehen!«

Seine unfairen Worte trieben Nadine die Tränen in die Augen. Tapfer versuchte sie, diese wegzublinzeln, bevor er es mitbekam. Als Model wurde sie schließlich fürs Anziehen bezahlt, nicht fürs Ausziehen! Aber ihrem Vater diesen feinen Unterschied erklären zu wollen, wäre vergebliche Liebesmüh.

Sollte sie das Thema Krankenversicherung überhaupt noch ansprechen? Alles in ihr schrie danach, ihren halb ausgetrunkenen Kaffee stehen zu lassen und das, was ihr schon vor Jahren zuwider gewesen war, erneut hinter sich zu lassen.

Kurz kämpfte die brave Tochter in ihr mit der selbstständigen jungen Frau, die sie inzwischen war.

»Ich gehe wieder.« Es war ein Fehler, hergekommen zu sein.

»Ich begleite dich noch schnell hinaus.« Ihre Mutter folgte ihr nach draußen und zog die Haustür zu, sodass ihr Vater sie nicht hören konnte. »Es tut mir leid.«

»Was genau tut dir leid? Dass ich euch besucht habe? Dass er sich so verhält? Dass du nichts dagegen sagst?« Nadine vermochte ihre Aggression kaum zu verbergen.

»Liebes, es ist nicht so einfach. Ich kann nicht gegen seinen Willen ...«

Natürlich hätte sie gekonnt, wenn sie gewollt hätte. Aber ihre Mutter hatte es schon vor langer Zeit aufgegeben, sich gegen ihren Mann zu wehren. Sie akzeptierte ihre Situation als Schicksal. Ob ihre Großmutter auch so war? »Hast du eigentlich noch Kontakt zu Oma, oder hast du den auch abgebrochen, weil er es so wollte?«

Ihre Mutter seufzte. »Sag doch nicht so was, Liebes. Warum besuchst du deine Großmutter nicht? Sie wohnt am Ammersee.«

Anscheinend hatte ihre Mutter gegen den Willen ihres Vaters weiterhin Kontakt zur Großmutter gehalten. »Hast du ihre Telefonnummer?«

»Nein, nur die Adresse. Sie hat kein Telefon.«

Wer hatte heutzutage denn kein Telefon? Jeder, den Nadine kannte, besaß ein Smartphone mit mobilem Internetzugang und war immer und überall erreichbar.

»Bist du sicher, dass ich sie besuchen kann? Wann warst du denn das letzte Mal dort?«

Ihre Mutter schaute zu Boden. Sie wirkte traurig. »Ich muss wieder rein. Bestell ihr schöne Grüße von mir.«

*

Herrsching am Ammersee war nicht weit. Eine knappe Stunde mit der S-Bahn ab München Hauptbahnhof.

Was hatte sie zu verlieren? Den Preis eines Tagestickets. Selbst wenn ihre Großmutter nicht da war oder sie nicht erkannte oder sie für eine Betrügerin hielt, hätte sie immerhin einen netten Ausflug gemacht.

Ihre Großmutter müsste inzwischen Mitte sechzig sein. Wahrscheinlich war sie schon in Rente. Ob sie an einem Sonntag einfach so bei ihr vorbeischneien konnte? Immerhin hatten sie sich seit zehn Jahren nicht mehr gesehen.

Die nächste S-Bahn fuhr in vier Minuten. Spontan löste Nadine ein Ticket, suchte sich einen freien Platz und gab die Adresse, die ihre Mutter ihr genannt hatte, in ihr Smartphone ein.

Wie sich herausstellte, lebte ihre Großmutter nicht direkt im Stadtzentrum, sondern etwa dreieinhalb Kilometer entfernt. Dorthin gab es keine öffentlichen Verkehrsverbindungen. Am Bahnhof standen auch keine Taxis.

Nun denn, das Wetter war schön, zweimal eine Stunde Spaziergang am See entlang würde ihr nicht schaden.

Auf die Idee waren an diesem Sonntag noch andere gekommen: Spaziergänger mit und ohne Hund, Familien aus München, Leute aus der Umgebung. Womöglich war ihre Großmutter auch spazieren und sie liefen unwissentlich aneinander vorbei, ohne sich zu erkennen!

Nadine überlegte, was sie über ihre Großmutter wusste. Johanna, nach der heiligen Johanna benannt, Johanna Hintermayer. Ein ziemlicher Allerweltsname in Bayern. Einen Herrn Hintermayer hatte es, soweit sie wusste, nie gegeben. Zumindest keinen, den ihre Großmutter geheiratet hätte. Ein Skandal war es damals gewesen, ein uneheliches Kind zu bekommen, ein Stigma, das ihrer Mutter noch immer anzuhaften schien.

Ob ihre Eltern deshalb so darauf bedacht waren, den Schein der Familienidylle aufrecht zu erhalten? Nadine hatte sich bisher nicht viele Gedanken über ihre Familiengeschichte gemacht.

Noch immer war der Promenadenweg gut besucht, obwohl sie schon über eine halbe Stunde unterwegs war. Die Bebauung wurde spärlicher, die Häuser dafür größer. Jedes schien einen Garten und viele sogar einen eigenen Bootsanleger zu haben. Nadine konnte sich kaum vorstellen, dass ihre Großmutter, die von ihrer eigenen Familie mehr oder minder totgeschwiegen wurde, so mondän wohnte.

Plötzlich entdeckte sie ein Haus, das nicht zu den anderen passte. Neben den Villen rechts und links sah es aus wie ein Hexenhäuschen.

Im Garten stand eine ältere Frau mit langen hennaroten Haaren und weißer Leinenkleidung.

»Das wurde aber auch Zeit, dass du kommst. Ich habe schon auf dich gewartet.«

»Auf mich?« Nadine blickte sich um, aber außer ihr war niemand stehen geblieben.

Ob ihre Mutter gelogen und ihre Großmutter doch angerufen hatte, um ihr zu sagen, dass ihre Enkelin auf dem Weg zu ihr war?

»Auf wen denn sonst. Komm rein, Dini.«

Der Kosename, den Nadine sich als Kind selbst gegeben hatte. Die Frau musste tatsächlich ihre Großmutter sein. »Oma.«

»Johanna, bitte. ›Oma‹ hat mich schon zu lange niemand mehr genannt.« Sie öffnete das Gartentor, das erbärmlich quietschte. »Besser als jede Alarmanlage«, erklärte sie auf Nadines Blick hin.

Nadine erwähnte nicht, dass ein Einbrecher wahrscheinlich direkt über den niedrigen Holzzaun steigen würde.

»Lass dich mal ansehen.« Ihre Großmutter musterte sie mit zusammengekniffenen Augen.

Nadine fühlte sich unter ihrem Blick unwohl und trat unruhig von einem Bein auf das andere.

»Deine Aura ist sehr dünn, und da«, ihre Großmutter zeigte auf ihre linke Brust, und Nadine spürte, wie die Stelle warm wurde, »diesen grauen Schatten, den brauchst du nicht. Den solltest du schleunigst wieder loswerden. Wäre ja gelacht, wenn wir dich nicht energetisch aufgepäppelt bekämen.«

Ihre Großmutter war echt schräg drauf. Ähnlich hatte Nadine sie in Erinnerung. War es doch keine so gute Idee gewesen, herzukommen?

»Schicke Handtasche, aber wo ist dein Gepäck?«

»Mein Gepäck?«

»Ja, dein Gepäck. Ich dachte, du wolltest den Sommer bei mir verbringen?«

Das ging Nadine etwas zu schnell. Wollte sie das? Wusste ihre Großmutter mehr als sie? »Woher wusstest du überhaupt, dass ich komme?«

»Hab's gespürt.« Ihre Großmutter ging ihr voran ins Haus. »Ich habe das Mansardenzimmer für dich hergerichtet.«

Nadine wusste zwar nicht, was ein Mansardenzimmer war, folgte ihr aber trotzdem. Es stellte sich als ein Zimmer im Dachgeschoss mit zwei schrägen Wänden und einem Fenster heraus, von dem aus man einen Blick aufs Nachbargrundstück hatte.

»Was ist jetzt mit deinem Gepäck?«

»Ich wohne momentan in einem Hostel in München.« Wo es längst nicht so nett war wie hier. »Bist du sicher, dass ich den Sommer bei dir verbringen kann? Wir kennen uns doch kaum.«

»Dann lernen wir uns kennen«, entgegnete ihre Großmutter resolut und ging die Treppe hinab. »Magst du frische Erdbeeren?«

Nadine bejahte. Was für ein Unterschied zu dem Empfang bei ihren Eltern! Die Erdbeeren waren süß und fruchtig, das Ingwerwasser, das es dazu gab, gewöhnungsbedürftig. Nadine hätte geschickte Fragen erwartet, wie es ihr gehe und was sie gerade so mache, aber ihre Großmutter schien keine Frau vieler Worte zu sein. »Solltest du nicht allmählich dein Gepäck holen, wenn du zum Abendessen wieder zurück sein willst?«, fragte sie lediglich irgendwann.

Nadine entschied, auf ihren Bauch zu hören. Schließlich hatte sie in diesem Sommer nichts vor, das Häuschen gefiel ihr, und vielleicht war es gar keine schlechte Idee, ihre Großmutter besser kennenzulernen. Wer wusste schon, wie lange Johanna noch leben würde, selbst wenn sie sehr rüstig wirkte?

»Ich mache mich gleich auf den Weg. Habt ihr hier auch Taxis, damit ich vom Bahnhof aus nicht den ganzen Weg den Koffer hinter mir herziehen muss?«

»Ich sage dem Josef Bescheid, sobald du im Zug sitzt, der holt dich ab.«

»Gibst du mir deine Telefonnummer?« Nadine zückte ihr Smartphone.

»So einen neumodischen Kram habe ich nicht. Keine Sorge, er ist pünktlich da.«

*

Josef war tatsächlich da, auch ohne telefonische Absprache. Nadine warf ihm einen vorsichtigen Blick zu, aber außer buschigen Augenbrauen sah sie kaum etwas, da er sich direkt ihrem Koffer zuwandte. Er verstaute ihn in einem Kleinwagen, der wahrscheinlich deutlich älter war als sie.

Während der kurzen Fahrt zu ihrer Großmutter sprach Josef kaum, abgesehen von einigen urbayerischen Lauten, die Nadine nicht verstand. Vor Johannas Haus setzte er sie samt Gepäck auf dem Bürgersteig ab und tuckerte davon.

»Wollte er nicht reinkommen?«, fragte ihre Großmutter, während Nadine sich damit abmühte, den Koffer über die unebenen Steinplatten Richtung Haustür zu ziehen.

»Ich habe kein Wort von dem verstanden, was er gesagt hat.«

Ihre Großmutter schüttelte den Kopf. »Das fühlt man doch, was jemand will, dafür braucht es gar keine Worte.«

Nicht zum ersten Mal an diesem Tag fragte Nadine sich, ob sie nicht vielleicht doch einen Fehler machte, wenn sie hier einzog. Womöglich war diese nette, etwas verwirrt wirkende ältere Dame in Wahrheit eine Serienkillerin, die ihre Opfer in ihr Haus lockte?

»Bloß, weil du etwas nicht verstehst, musst du es ja nicht gleich verurteilen. Ich dachte, du wärst anders als deine Mutter. Warst du früher jedenfalls.«

»Ich bin anders«, protestierte Nadine. Schließlich hatte

ihr der Besuch bei ihren Eltern gezeigt, dass sie kaum noch Gemeinsamkeiten hatten.

Ihre Großmutter trug ihren schweren Koffer scheinbar mühelos die Treppe hinauf. »Ihr jungen Dinger, an euch ist ja nichts dran. Ihr habt nicht gelernt, zu kämpfen.«

»Ich verdiene mein Geld mit Modeln, da muss man auf sein Gewicht achten. Außerdem kämpfe ich ständig um Aufträge!«

»Klingt nach einem Kampf gegen dich selber.«

»Was machst du eigentlich beruflich?«, fragte Nadine rüde.

»Ich? Helfe in der Gemeinschaft aus. Wir haben hier eine Gesellschaft neben der Gesellschaft. Deine Mutter würde uns wahrscheinlich als Aussteiger bezeichnen.«

Ihre Mutter hatte ihre Großmutter früher als Hippie bezeichnet. »Meine Eltern schweigen deine Existenz seit Jahren tot.«

»Dachte ich mir. Wahrscheinlich ist es deinem Vater immer noch ein Dorn im Auge, wie ich lebe. Der kam nie mit meinem Lebensstil klar. Freie Liebe und so.« Sie zwinkerte Nadine vertraulich zu. »Hast du einen Freund?«

Zu gerne hätte Nadine »Klar, mehrere!« geantwortet, aber die Lüge wäre schnell aufgeflogen. Davon abgesehen hatte sie nicht das Gefühl, ihre Großmutter beeindrucken zu müssen. Die beeindruckte man wahrscheinlich eher mit der Wahrheit.

»Der hat sich vor Kurzem mit einer anderen verlobt und noch nicht mal den Mut gehabt, es mir persönlich zu sagen.«

»Dann hat er dich nicht verdient«, stellte ihre Großmutter entschieden fest.

»Du kennst ihn doch gar nicht.«

»Ich weiß genug, um zu spüren, dass er dir nicht guttut. Da lob ich mir doch meinen Josef.«

»Sag bloß, du und Josef …?«

»Er gehört auch zur Gemeinschaft. Aber jetzt gibt's erst mal Abendbrot.«

Nadine beschloss, die Frage, um was für eine Art von Gemeinschaft es sich handelte, auf den nächsten Tag zu verschieben.

Sie war erschöpft. Körperlich, geistig und seelisch. Sie hatte es sich nicht eingestehen wollen, aber die letzten Jahre forderten allmählich ihren Tribut.

*

Am nächsten Morgen erwachte sie zum ersten Mal seit Langem so frisch und ausgeruht, als hätte sie mehrere Tage durchgeschlafen.

Ihre Großmutter stand am Herd und rührte in einem Topf. »Guten Morgen! Magst du auch einen Frühstücksbrei?«

»Danke, aber ich frühstücke nicht«, lehnte Nadine nach einem zweifelnden Blick in den Topf ab. »Nur einen Kaffee, bitte.«

»Kaffee habe ich nicht. Ich mache dir einen weißen Tee, der ist gut für dich.«

Nadine musste sich eine sarkastische Antwort verkneifen. Sie war nicht hierhergekommen, um sich von ihrer Großmutter gängeln zu lassen.

Johanna stellte zwei Becher Tee und eine Schale mit dem graubraunen Brei auf den Küchentisch und bedeutete Nadine, Platz zu nehmen. »Oder möchtest du lieber draußen frühstücken? Wenn ich alleine bin, sitze ich morgens gerne hier und lese in Ruhe meine Zeitung, da weht der Wind sie nicht weg.«

»Das klingt gemütlich«, sagte Nadine sehnsüchtig. Sie selbst absolvierte immer ein rigoroses Sportprogramm, statt zu frühstücken. Deshalb fragte sie: »Wo kann man denn hier gut laufen gehen?«

Ihre Großmutter sah sie einen Moment verständnislos an. »Na, draußen!«

»Ja, aber wo genau?«, hakte Nadine nach.

»Überall. Da ist überall Natur, wo du laufen kannst.«

Sie würde sich wohl selbst etwas suchen müssen. »Sag mal, dürfte ich meinen Wohnsitz bei dir anmelden?«, schob sie die nächste Frage nach.

»Warum solltest du das wollen?«

»Nur so …«

»Nur so ist nicht. Da muss ich erst die Gemeinschaft fragen.«

Nadine zog die Nase kraus. »Wieso das? Gehört das Haus nicht dir?«

»Ich habe lebenslanges Wohnrecht, aber das Haus gehört der Gemeinschaft.« Sie stellte ihr Geschirr in die Spüle. »Was hat deine Mutter dir eigentlich über mich erzählt?«

»Nichts«, behauptete Nadine.

»Auch nicht über ihren Vater?«

Nadine schüttelte den Kopf und wartete gespannt.

Ihre Großmutter seufzte. »Hätte ich mir denken können, dass sie uns am liebsten verdrängen will. Der Vater deiner Mutter, also dein Großvater, war der Anführer einer spirituellen Gemeinschaft, die sich in den sechziger Jahren am Ammersee niedergelassen hat. Dieses Haus war jahrelang unser Hauptquartier, unser Tempel.

Deine Mutter ist hier aufgewachsen, hat sie dir das nie erzählt?«

Ungläubig hörte Nadine zu, konnte aber erneut nur den Kopf schütteln. »Sie hat nie etwas von früher erzählt.«

Ihre Großmutter gab einen missbilligenden Laut von sich. »Hat sich geschämt für mich, weil die Leute über uns geredet haben.«

»Meine Eltern schämen sich auch für mich, weil die Leute über mich reden«, bemerkte Nadine.

»Die Geschichte wiederholt sich also? Interessant. Weißt du, warum du dir diese Familie ausgesucht hast?«

Nadine war verwirrt. »Ich kann mir meine Familie doch nicht aussuchen.« Hätte sie es gekonnt, hätte sie garantiert eine andere gewählt.

»Doch, natürlich! Du suchst dir, bevor du wiedergeboren wirst, deine Lebensaufgabe und dein Lebensumfeld aus, damit deine Seele während ihrer Reinkarnation ihre Lernaufgaben erfüllen und nach ihrem Tod aufsteigen kann. Deine Seelenfamilie hilft dir dabei.«

Ihre Großmutter war definitiv schräg drauf. So jemanden hatte sich Nadine bestimmt nicht ausgesucht, schon gar nicht vor ihrer Geburt.

»Mein Vater will nichts mehr mit mir zu tun haben, und meine Mutter traut sich nicht, etwas mit mir zu tun zu haben. Nette Familie«, sagte Nadine bitter. »Sie schicken mir noch nicht einmal die Post nach, sodass ich ihre Adresse nicht angeben kann, wenn ich mich krankenversichern will.«

»Deshalb willst du dich bei mir anmelden, damit du eine Krankenversicherung bekommst?«, schlussfolgerte ihre Großmutter erstaunlich scharfsinnig. Sie überlegte einen Moment. »Ich denke, das können wir machen. Wir haben zwar einige Heiler und Heilpraktiker in unserer Gemeinschaft, aber ab und zu gehen auch wir zu Schulmedizinern. Ist ja nicht alles schlecht, was die machen.«

*

Während sie auf ihre Krankenversicherungskarte wartete, fühlte Nadine sich wie im Urlaub. Sie ging früh ins Bett und schlief lange. Vormittags, wenn es noch nicht so heiß war, machte sie Sport, während ihre Großmutter im Tempel war. Nachmittags ging sie schwimmen, lag im Garten oder spazierte an der Uferpromenade entlang Richtung Herrsching.

Inzwischen verstand sie auch, warum ihre Großmutter kein Telefon hatte: Es gab schlichtweg keinen Empfang. Sie musste mit ihrem Smartphone oft mehrere hundert Meter weit laufen, bevor sie überhaupt ein Signal bekam. Schleichend war sie immer seltener im Internet unterwegs und postete entsprechend weniger, bis sie irgendwann kaum noch Reaktionen auf ihre Posts erhielt. Wie oberflächlich diese Kontakte auf den Social-Media-Portalen doch waren. Wer seinen Fans nicht ständig etwas Neues bot, wurde bald uninteressant, wurde nicht mehr geliked, geteilt oder kommentiert. Einmal mehr wünschte Nadine sich jemanden, mit dem sie sich richtig hätte unterhalten können.

Aber die Post kam an, und mit ihr die Krankenversicherungskarte. Andächtig strich Nadine darüber. Ihre Haselnuss war inzwischen zu einer Kirsche herangewachsen, und obwohl sie es sich nicht eingestehen wollte, machte ihr diese Veränderung Sorgen. Eine Biopsie würde Klarheit bringen und sie beruhigen.

Sie setzte sich an die Uferpromenade und rief in der Praxis an, wo sie zuletzt gewesen war.

»Für Privatpatienten haben wir diese Woche noch Termine frei. Kassenpatienten müssen warten«, lautete die barsche Ansage.

Man konnte in Deutschland im einundzwanzigsten Jahrhundert also tatsächlich an einer lebensbedrohlichen Krankheit sterben, weil man auf einen Arzttermin warten musste. Nadine bedankte sich für die Auskunft, legte auf und schrie ihre Wut über das System über den Ammersee.

Zwei Spaziergänger schauten sich verschreckt um, ansonsten erfolgte keine Reaktion.

Sie biss die Zähne zusammen und telefonierte ein halbes Dutzend weiterer Praxen durch, bis sie tatsächlich kurzfristig einen Termin erhielt. »Sie haben Glück, es ist für morgen jemand abgesprungen. Sie können um viertel nach zehn kommen. Bringen Sie ein bisschen Zeit mit und nehmen Sie sich für den Rest des Tages nichts Anstrengendes vor.«

Das klang nett. Fast ein bisschen wie Wellness. Nadine war augenblicklich beruhigt. Vielleicht könnte sie sich nach dem Termin vor einem schicken Bistro in die Sonne setzen. Sie hatte Lust auf München und ein bisschen sehen und gesehen werden.

Ihrer Großmutter erzählte sie, dass sie sich mit einem Freund in München treffen und spätestens abends wieder zurück sein würde.

»Wenn du das sagst«, war die kryptische Antwort.

*

Die Praxis war nicht so hell und freundlich wie die beim letzten Mal. Am liebsten hätte Nadine wieder kehrtgemacht. Doch der Gedanke, dass es ein Zeichen gewesen sein musste, dass sie so schnell einen Termin bekommen hatte, hielt sie davon ab.

Die Praxiseinrichtung war genauso in die Jahre gekommen wie die Ärztin, die sie untersuchte. Sie schaute sich den Tumor im Ultraschall an und sagte: »Sie sind noch jung, aber in Ihrem Fall ist eine Biopsie angezeigt.«

Nadine klammerte sich an das »Sie sind noch jung«. Das hatte der italienische Arzt auch gesagt und sie wieder nach Hause geschickt.

»Wir machen eine örtliche Betäubung«, erklärte die Ärztin, während sie die Biopsie vorbereitete. »Dann schießen wir unter Ultraschallansicht eine Art Nadel in das Tumorgewebe. Ich werde mittels einer Stanze an drei Stellen Proben entnehmen und diese im Labor untersuchen lassen. Das Ergebnis ist dann relativ sicher.«

Sie fügte nicht hinzu, dass Nadine keine Angst haben müsse.

Die Biopsie selbst war nicht so schlimm, wie sie erwartet hatte. Sie hoffte inständig, dass keine Narben zurückbleiben würden. Immerhin arbeitete sie als Model, ihr Körper war ihr Kapital.

Schlimmer war, dass sie danach immer noch nicht mehr wusste. Mit einem »Wir rufen Sie in zwei Tagen an« wurde sie entlassen.

Nadine sagte nicht, dass sie sowieso keinen Empfang hatte. Die Ungewissheit war ihr immer noch lieber als schlechte Nachrichten.

Sie verspürte keine Lust mehr, sich in ein schickes Bistro zu setzen. So, wie sie sich gerade fühlte, wollte sie nicht gesehen werden. Ihre Unsicherheit entsprach nicht dem Bild, das sie der Öffentlichkeit zu zeigen beabsichtigte.

»Na, hattest du einen schönen Tag?«, begrüßte ihre Großmutter sie freudig, als sie durch das quietschende Gartentor trat.

»Hätte besser sein können«, knurrte Nadine schlecht gelaunt. Sehr ärgerlich, dass eine Kirsche ihr den Urlaub verdarb. Ihre Brust war aufgrund der Biopsie noch druckempfindlich, und in den nächsten Tagen durfte die Wunde nicht mit Wasser in Berührung kommen. Schwimmen war deshalb auch verboten.

»Oh, das tut mir leid. Du kannst deinen Freund gerne einladen, wenn du möchtest. Wie heißt er denn?«, fragte ihre Großmutter.

Verspätet fiel Nadine ein, dass ihre Großmutter ja dachte, dass sie sich mit jemandem getroffen hätte. Tja, wie hieß dieser Frechdachs in ihrem Körper? Frechdachs, Freda … Fred. »Er heißt Fred.«

»Fred. Ein schöner Name. Der freundliche Mann des Friedens und der Sicherheit, das ist seine Bedeutung.«

Nadine lächelte gequält. Sie konnte nur hoffen, dass Fred tatsächlich ihr Freund und nicht ihr Feind war.

Verhandlung

Zwei Tage später hatte sie die Gewissheit, dass Fred nicht in friedlicher Absicht gekommen war.

»Ich habe leider keine guten Nachrichten. Der Tumor ist maligne. Sie haben Brustkrebs.«

Ironie des Schicksals, dass der Empfang ausnahmsweise einmal funktionierte!

Nadine beendete das Telefonat wie in Trance und schaute auf den Ammersee, der in der Sonne glitzerte. Wie konnte das sein? Sie war doch erst neunzehn! Weder ihre beiden Großmütter noch ihre Mutter waren jemals an Brustkrebs erkrankt. Soweit sie wusste, gab es auch sonst keine Krebserkrankungen in ihrer Familie. Sie ernährte sich gesund und bewegte sich viel. Die Pille hatte sie nach der Trennung von Alphonse abgesetzt. Andere Risikofaktoren waren ihr nicht bewusst.

Obwohl es heiß war, war ihr eiskalt. Instinktiv fühlte sie, dass sie mit ihrer bisherigen Methode, Fred zu ignorieren, nicht weit kommen würde.

Was blieb, war die Frage nach dem Warum. Warum gerade sie, warum gerade jetzt, warum überhaupt? Warum, warum, warum?

Je mehr sich ihre Gedanken in den folgenden Tagen und schlaflosen Nächten im Kreis drehten, desto wirrer wurden sie. Ihr Urlaubsgefühl war längst verflogen, obwohl ihre Umgebung dieselbe blieb.

Deshalb erleichterte es sie beinahe, als endlich der kurzfristig anberaumte Beratungstermin in einer Münchener

Klinik anstand. Dort traf sie auf eine resolut wirkende Ärztin in mittleren Jahren, die sich ihre Befunde besah.

»Nach dem, was Sie erzählt haben, befindet sich der Krebs in einem frühen Stadium. Ich empfehle die klassische Behandlung, bestehend aus Chemotherapie, Operation und Bestrahlung. Eine Chemotherapie kann neoadjuvant angewendet werden, das bedeutet vor der Operation, oder adjuvant, das bedeutet nach der Operation.«

Nadine wurde bereits beim bloßen Gedanken an eine Chemotherapie schlecht. Bilder von ausgemergelten Körpern, unter Kopftüchern versteckten Glatzen und Leidensmienen fielen ihr ein. »Geht es nicht auch ohne Chemo?«

»Nur bei Patientinnen mit Brustkrebs im frühen Stadium, die keinen Lymphknotenbefall haben. Letzteres wissen wir aber erst nach einer Operation. Oder bei hormonabhängigen Tumoren. Aufgrund Ihres Alters empfehlen wir auf jeden Fall eine neoadjuvante Chemotherapie. Wollen Sie Kinder?«

Die Frage klang so beiläufig, dass Nadine die volle Bedeutung zuerst gar nicht begriff. Momentan wollte sie vor allem Fred loswerden, bevor sie sich Gedanken über Kinder machte. Ihre Großmutter schien keine gute Mutter gewesen zu sein und ihre Mutter auch nicht. Ob sie Kinder wollte? »Fragen Sie mich in zehn Jahren noch mal.«

»Sie sollten überlegen, Eizellen einfrieren zu lassen. Eine Chemotherapie kann unfruchtbar machen.«

Noch etwas, was gegen eine Chemotherapie sprach. »Kann man nicht erst operieren und dann entscheiden, ob eine Chemo überhaupt nötig ist?«

»Ich verstehe, dass Sie Angst vor einer Chemotherapie haben«, sagte die Ärztin in gewollt beruhigendem Tonfall.

»Aber es gibt inzwischen gute Medikamente, die weniger Nebenwirkungen haben als noch vor einigen Jahren. Man kann Tabletten einnehmen oder die Medikamente über eine Infusion oder einen Port zuführen. Die Zytostatika verteilen sich über das Blut im ganzen Körper und erreichen auch kleine, nicht erkennbare Tumorherde. Außerdem verkleinern sie in der Regel den bestehenden Tumor, sodass eine Operation oftmals brusterhaltend durchgeführt werden kann. Deswegen ist die Medizin inzwischen dazu übergegangen, bei Brustkrebs die Chemotherapie bevorzugt vor einer Operation einzusetzen, insbesondere bei jungen Frauen.«

Brusterhaltend. Das Wort dröhnte in Nadines Kopf. Vor ein paar Tagen noch hatte sie sich Sorgen um eine winzige Biopsienarbe auf ihrem Busen gemacht. Wenn ihre Agentur erfuhr, dass sie operiert werden musste, würde sie sie sofort aus der Kartei streichen. Narben schadeten ihrem Marktwert mindestens so wie Piercings und Tattoos. Damit durfte man bestenfalls noch Produktshootings machen. Einen tieferen Fall als von High Fashion zu Katalogwerbung hätte sie sich kaum vorstellen können.

»Eine Chemotherapie erfolgt in Zyklen, mit Pausen dazwischen, damit der Körper sich erholen kann. Nach den ersten zwei oder drei Zyklen überprüft man, ob der Tumor darauf anspricht. Falls nein, würden wir die Behandlung abbrechen und direkt operieren.«

Nadine schluckte an dem dicken Kloß in ihrem Hals vorbei. »Wie lange dauert denn so eine Chemo?«

»Das ist abhängig von den eingesetzten Medikamenten, der Anzahl der Zyklen und der Länge der Pausen dazwischen, aber rechnen Sie mit etwa vier bis sechs Monaten.«

So lange? Nadine schluckte erneut. So hatte sie sich ihren Sommer wahrlich nicht vorgestellt!

»Risiken und Nebenwirkungen?«

»Lesen Sie sich am besten diese Informationsbroschüren durch.« Die Ärztin drückte ihr gleich einen ganzen Stapel in die Hand, viele davon auf Hochglanzpapier, als handelte es sich um Werbung. »Grundsätzlich hat eine Chemotherapie Auswirkungen auf alle Zellen, die sich schnell teilen, zum Beispiel Haarwurzelzellen, die Schleimhäute und blutbildende Zellen im Knochenmark. Ihr Immunsystem wird geschwächt. Sie sollten Menschenansammlungen meiden, also auch Restaurant- und Theaterbesuche oder Fahrten mit öffentlichen Verkehrsmitteln. Viele Frauen klagen über grippeähnliche Symptome und Taubheitsgefühle in den Extremitäten. Gegen Übelkeit und Erbrechen geben wir Ihnen entsprechende Medikamente. Sie können gerne im Internet recherchieren. Es gibt vertrauenswürdige Seiten und Foren. Im Allgemeinen sind die Überlebenschancen bei Brustkrebs als gut zu beurteilen, vor allem, wenn er in so einem frühen Stadium entdeckt wird.«

Nadine schluckte. Der dicke Kloß saß immer noch in ihrer Kehle und drohte, ihr die Luft abzuschnüren. »Wie geht es jetzt weiter?«

»Wir machen noch eine Staging-Untersuchung, um zu sehen, ob es schon Metastasen gibt. Danach klären wir, welche Zytostatika wir bei Ihnen einsetzen, in welcher Kombination und welcher Darreichungsform. Sie bekommen einen individuellen Behandlungsplan. Für die Chemotherapie finden Sie sich bitte an den angegebenen Tagen hier ein. Wir bemühen uns, Patientinnen in Gruppen zu behandeln, sodass Sie sich nicht alleine fühlen und, wenn Sie es wünschen, miteinander in Kontakt bleiben können. Die Gabe erfolgt ambulant, nach ein paar Stunden dürfen Sie wieder nach Hause. Etwa drei Wochen nach der letzten Dosis können wir operieren. Einige Wochen danach beginnt die Strahlentherapie. Fünfmal pro Woche, montags bis freitags. Dafür müssen Sie noch einmal fünf bis sechs Wochen einrechnen. Den Abschluss bildet eine Rehamaßnahme. In einem Jahr haben Sie das Schlimmste überstanden.«

Ein Jahr! Sie wollte kein ganzes Jahr mit Fred verbringen. Sie wollte noch nicht mal einen weiteren Tag mit ihm verbringen! »Ein ganzes Jahr?«

»Sie haben Krebs«, sagte die Ärztin eindringlich. »Alles andere ist jetzt unwichtig. Ich werde Sie für unbestimmte Zeit arbeitsunfähig schreiben.« Sie zückte einen Stift. »Wer ist Ihr Hausarzt und wer Ihr Arbeitgeber?«

»Habe ich nicht, ich meine, wechselnd«, stotterte Nadine, leicht überrumpelt.

»Sie müssen doch wissen, wer Ihr Arbeitgeber ist?« Die Ärztin klang ungeduldig.

»Das läuft über meine Agentur.«

»Also ist diese Agentur Ihr Arbeitgeber?«

»Nein, die vermittelt mich nur.«

»Brauchen Sie nun eine Krankschreibung oder nicht? Bei Krebs gibt es in der Regel eine unbefristete AU-Bescheinigung. Die ersten sechs Wochen läuft ihr Gehalt weiter, danach zahlt die Krankenkasse Ihnen Krankengeld. Mit ihr wird der weitere Behandlungsplan abgestimmt.«

Nicht, wenn man die letzten zwei Jahre selbstständig gewesen war, noch dazu überwiegend im Ausland. Oder zählte das Land, in dem sich ihre Agentur befand?

»Nein, ich brauche keine Krankschreibung«, sagte sie fest. Selina durfte nichts von Fred erfahren, sonst würde sie ihren Job verlieren. »Kann man das nicht einfach schnell wegmachen, und dann ist alles gut?«

»Es tut mir leid, aber so einfach ist das nicht. Krebs verschwindet nicht von heute auf morgen, nur weil wir das wollen. Es ist schon ein längerer Prozess. Wichtig ist, dass Sie sich darauf einlassen, dass Sie gesund werden *wollen*.«

Nadine bedankte sich nicht, bevor sie hinausging.

So, wie es aussah, war sie mit Fred alleine.

Noch so ein verdammter Kerl, der ihr Leben ruinierte.

*

Ihrer Großmutter erzählte Nadine nichts. Stattdessen fragte sie: »Was macht ihr eigentlich den ganzen Tag in eurem Tempel?«

»Reden, Meditieren, Mantras singen, Yoga, Heilgebete sprechen … Wir sind keine Sekte, falls deine Mutter dir das weismachen wollte.«

Eher ihr Vater. Trotzdem klang das ziemlich esoterisch und abgedreht.

»Du könntest ja mal mitkommen, dann kannst du dir selbst ein Bild machen.«

Bisher hatte ihre Großmutter nie versucht, sie mitzunehmen, und ihr auch nichts über die Gemeinschaft erzählt. Fast hatte Nadine geglaubt, sie wollte sie nicht dabeihaben. Oder hatte sie vielleicht nur darauf gewartet, dass sie von sich aus Interesse zeigte?

Nadine zögerte. Doch wieso eigentlich nicht? Vielleicht würde es sie von Fred ablenken. Von Fred und seinen möglichen Kindern, die sich gerade in ihrem Körper

48

ausbreiteten. Momentan konnte sie ein bisschen Gottvertrauen und ein Wunder gut gebrauchen.

Sie hatte erwartet, dass besagter Tempel sich in unmittelbarer Nachbarschaft befände; tatsächlich lag er etwa drei Kilometer entfernt in einem Waldstück. Von außen sah er aus wie ein normales Haus. Erst innen offenbarte sich eine andere Welt: Der Geruch von Räucherstäbchen mischte sich mit dem Gesang von Mantras, Rohkostkonfekt lag neben Smartphones, Yogabekleidung wurde ebenso angeboten wie Aurareadings. Über allem schwebte ein Hauch von Jasmintee.

»Das ist meine Enkelin Dini«, stellte ihre Großmutter sie vor.

»Dini, ist das dein spiritueller Name? Was bedeutet er?«, wurde Nadine von allen Seiten gefragt. Auf die Idee, dass sie nichts mit Spiritualität und Erleuchtung am Hut haben könnte, kam niemand.

Ihre Großmutter nannten hier alle Gaja. »Nach Mutter Erde. Ich bin seit dem Tod von Rashnu so etwas wie das spirituelle Oberhaupt unserer Gemeinschaft«, sagte Johanna-Gaja fast verlegen.

Das erklärte wohl auch ihr lebenslanges Wohnrecht. Bilder von Rashnu, einem Mann mit weißem Vollbart, Turban und diversen Ketten um den Hals, hingen in fast allen Räumen.

»War er euer Guru?«, fragte Nadine.

»Ich mag das Wort nicht. Er war klug, weise, einfühlsam und für damalige Verhältnisse sehr fortschrittlich, eben anders. Wir haben zu ihm aufgesehen. Aber ein Guru? Er war ein Mensch.«

Plötzlich kam Nadine ein Verdacht. »Ist Rashnu mein Großvater?«

Ihre Großmutter errötete leicht. »Möchtest du denn, dass er es wäre?«

Die Frage überforderte Nadine. »Nicht zu wissen, wer mein Großvater ist, hat mich irgendwie entwurzelt«, versuchte sie, ihre Gefühle in Worte zu fassen. »Als wüsste ich nicht wirklich, wer ich bin.«

»So habe ich das noch nie betrachtet. Wir waren alle eine große Familie, unabhängig davon, ob wir genetisch verwandt waren. Mir hat das Sicherheit und Halt gegeben. Es wundert mich, dass es bei dir offenbar das Gegenteil bewirkt.«

»Vielleicht, weil ich nie Teil dieser Familie war?«

Ihre Großmutter seufzte. »Vielleicht. Deine Mutter hat dich nie herkommen lassen. Hatte Angst, wovor auch immer. Aber du hast keine Angst.«

Wenn du wüsstest, dachte Nadine. Sie hatte sogar eine Scheißangst. Vor einer Kirsche namens Fred, die sich in ihrem Körper eingenistet hatte und ihr Leben zerstören wollte. Aber das konnte sie ihrer Großmutter schlecht sagen, die ruhte so in sich, dass sie ihre Ängste wahrscheinlich gar nicht verstanden hätte.

Sie tranken Tee, sprachen mit anderen Tempelbesuchern, nahmen an einer Yogastunde teil. Niemand versuchte, Nadine zu bekehren oder sie zu irgendetwas zu zwingen. Im Gegenteil, alle begegneten ihr offen und freundlich. Doch so lange Fred bei ihr war, fühlte sie sich nicht in der Lage, sich auf andere Menschen einzulassen.

»Magst du noch zur Heilmeditation bleiben?«, fragte ihre Großmutter, nachdem sie bereits den ganzen Nachmittag im Tempel verbracht hatten. »Das ist ein sehr schönes Ritual.«

Nadine nickte. Sie hatte keinerlei Erfahrung mit Meditation, aber Heilen klang gut.

Das Ritual fand in einem kleinen Raum statt, der genauso wie der Yogaraum Parkettboden hatte. Etwa ein Dutzend Menschen nahmen im Kreis auf Meditationskissen Platz. Nadine saß gegenüber ihrer Großmutter, über deren Kopf das farbenfrohe Bild eines Engels hing.

»Das ist der Erzengel Raphael, der Engel der Heilung«, erklärte ihre Großmutter, als sie sah, wie Nadine das Bild musterte.

Ihre Großmutter leitete die Heilmeditation. Das Ritual war kurz, bewegte Nadine jedoch sehr. Vor allem, als Johanna am Ende alle bat, sich an den Händen zu fassen und um Heilung für Dini zu bitten. Ob sie das nur so gesagt hatte, weil ihre Enkelin neu in diesem Kreis war, oder ob sie Freds Existenz erahnte?

Was auch immer ihre Beweggründe waren, ihre Großmutter war ein gutes Medium. Nadine spürte förmlich die Energie, die im Kreis von einer Hand zur anderen floss. Wie empfohlen ließ sie sich davon durchströmen und schickte sie in jede Zelle ihres Körpers, ganz besonders zu Fred.

»Das hast du gut gemacht. Du kannst jederzeit hierherkommen und alleine für dich wiederholen, was wir eben getan haben, sofern nicht gerade ein Kurs stattfindet«, sagte ihre Großmutter zu Nadine, als die anderen den Raum verlassen hatten. »Stell dir vor, wie die Heilenergie in Form eines hellen Lichts durch alle deine Zellen fließt. Diese Energie kannst du wie ein Skalpell einsetzen, um bestimmte Zellen gebündelt zu erreichen. Wenn du Hilfe brauchst, frag einfach. Du kannst auch eine Sitzung bei einer unserer Heilerinnen buchen, aber die Selbstheilungskräfte sind oftmals so viel kraftvoller.«

»Danke«, murmelte Nadine verlegen. Der Gemeinschaft beitreten würde sie deswegen noch lange nicht.

»Das ist doch selbstverständlich. Wir sind alle Lichtarbeiter. Willkommen in unserer Gemeinschaft.«

*

Ob ihre Großmutter von Fred wusste? Im Tempel hatte sie das Gefühl gehabt, dass einige in der Gemeinschaft Dinge wahrnahmen, die anderen Menschen verborgen blieben.

Nadine ging mit zwei Gläsern und einer Karaffe mit frisch zubereitetem Ingwerwasser zu ihrer Großmutter in den Garten. Die saß im sanften Schatten einer Birke und blickte auf den Ammersee.

»Wie stehst du eigentlich zu Chemotherapie?«, fragte Nadine beiläufig, nachdem sie sich zu ihr gesetzt hatte.

Ihre Großmutter wiegte den Kopf. Dann erzählte sie: »Sigrid, eine der Frauen aus der Gemeinschaft, bekam vor etwa zwei Jahren die Diagnose Brustkrebs. Sie traute der Schulmedizin jedoch nicht, verweigerte die empfohlene Operation und ließ sich alternativ behandeln. Anfangs ging es ihr gut damit, sie glaubte, den Krebs besiegen zu können.« Sie machte eine Pause. »Das Tückische an Brustkrebs ist, dass es dir damit lange Zeit sehr gut gehen kann. Du verlierst kein Gewicht und fühlst dich nicht permanent erschöpft, wie bei vielen anderen Krebsarten. Als Sigrid Schmerzen bekam, war es längst zu spät. Sie hatte überall Metastasen. Schlussendlich hat sie doch noch einer Chemotherapie zugestimmt. Die konnte den Krankheitsverlauf am Ende immerhin ein bisschen lindern.

 52

Trotzdem ist sie ziemlich elend zugrunde gegangen, das kann man nicht anders sagen.«

Nadine hatte das Gefühl, als würde Fred bei diesen Worten pochen. So nicht, Freundchen, dachte sie. Das wirst du mit mir nicht machen. Ich werde dich mit allen mir zur Verfügung stehenden Mitteln bekämpfen. Auch wenn das einen Chemiecocktail bedeutete, der ihre gesamten Zellen vergiftete.

»Reden wir doch mal nicht von anderen Menschen, sondern von dir«, unterbrach ihre Großmutter Nadines Gedanken. »Du hast Brustkrebs, nicht wahr?«

Nadine schossen die Tränen in die Augen. »Ich habe Fred.«

»Du hast ihm einen Namen gegeben?«

Sie nickte.

Ihre Großmutter fing an zu lachen. »Du bist mir ja eine. Hast du ihn auch schon gefragt, warum er bei dir ist, und was du machen kannst, damit er dich wieder verlässt?«

»Er muss sich geirrt haben. Ich bin noch nicht mal zwanzig, da hat man noch keinen Krebs! Das ist was für alte Leute.«

»Es ist dein Krebs«, sagte ihre Großmutter ernst. »Jeder Mensch trägt Krebszellen in sich. Ob sie im Laufe deines Lebens mutieren, und in welcher Art, das hängt ganz von dir ab. Es wird einen Grund dafür geben, dass Fred in dieser Form und zu diesem Zeitpunkt in dein Leben getreten ist. Anstatt ihn zu beschimpfen, solltest du ihm danken, dass er da ist, und herausfinden, welche Lektion er dir erteilen möchte. Sobald du das verstanden hast, kannst du dich mit dem Thema auseinandersetzen.«

»So einen Lehrer brauche ich nicht«, murrte Nadine.

»Für die meisten Menschen ist eine Krebsdiagnose

mit Angst verbunden. Das ist normal. Aber verschwende deine Energie nicht mit negativen Emotionen wie Furcht oder Wut. Sieh Fred stattdessen als Chance, und versuche zu verstehen, was du in deinem Leben ändern möchtest. Akzeptiere ihn als Freund, sieh ihn nicht als Feind. Fridu, die Herleitung von Fred, bedeutet Friede, Schutz und Sicherheit. Es wird einen Grund haben, dass du ihn ausgerechnet so genannt hast.«

Nadine hatte eigentlich gedacht, dass es reiner Zufall gewesen war. Eine Abkürzung für »Frechdachs«, die ihr spontan eingefallen war. Als schützend empfand sie Freds Anwesenheit jedenfalls nicht. Die ärztliche Diagnose deutete auch nicht darauf hin, dass er mit Frieden viel am Hut hatte.

Ihr eigener Vorname bedeutete Hoffnung. Ob ihre Eltern sich etwas dabei gedacht hatten, oder war auch das reiner Zufall gewesen?

Frieden und Hoffnung. Ein schönes Paar oder eine tödliche Kombination?

Ihre Großmutter bot ihr eine energetische Behandlung an. »Eine Dosis DNS-Reiki für Fred«, nannte sie es. Nadine nahm an, dass es nicht schaden könne, selbst wenn es nichts nützen würde.

Sie hatte gelesen, dass viele Krebspatienten die erzwungene Auszeit von ihrem normalen Alltag, dem Job und anderen Verpflichtungen, nutzten, um sich über ihr Leben Gedanken zu machen. Viele schlugen nach überstandener Krankheit neue Wege ein, wechselten ihren Job, trennten sich von ihrem Partner, verbrachten mehr Zeit mit Freunden oder in der Natur, legten sich kreative Hobbys zu. Aber Nadine liebte ihren Job, sie liebte es zu reisen, sie stand ganz am Anfang ihrer Karriere. Sie wollte genau dieses Leben!

In den nächsten Tagen ging sie regelmäßig zum Tempel und setzte sich vor das Bild des Erzengels Raphael. Jeden Tag fragte sie ihn, was sie tun müsse, damit Fred verschwinde. Nie kam eine Antwort. Bis zu dem Tag, als sie fragte, warum Fred zu ihr gekommen sei.

Ich bin gekommen, um zu bleiben.

Nadine zuckte zusammen und sah sich um, aber sie war alleine im Raum.

Kommunizierte Fred tatsächlich mit ihr?

Ich will aber nicht, dass du bei mir bleibst, antwortete sie ihm in Gedanken.

Ich bin ein Teil von dir.

Nadine knirschte mit den Zähnen.

Du bist ein Fremdkörper, kein Teil von mir, antwortete sie ihm. So weit kam es noch, dass Fred ihr Bescheid sagte, anstatt sie ihm!

»Nehmt euren Körper an, so wie er ist«, sagte die Yogalehrerin in der nächsten Stunde. »Bewertet nicht. Jeder Mensch ist individuell.«

Nicht als Model, dachte Nadine unwillkürlich. Da bist du nur eine möglichst unindividuelle Werbefläche, auf die jeder seine Wünsche projiziert. Überhaupt, wie sollte sie ihren Körper annehmen, wenn doch Fred ein Teil davon war?

Wenn du verschwindest, dann werde ich meinen Körper lieben, trat sie bei ihrer nächsten Meditation mit Fred in Verhandlung. Ich werde mich gesünder ernähren, werde mich um eine vernünftige Auslands-Krankenversicherung kümmern, werde regelmäßig zur Vorsorge gehen. Außerdem werde ich mein Abitur nachmachen. Ich werde endlich zu einem international gefeierten Topmodel aufsteigen und nur noch tolle, gut bezahlte

Aufträge annehmen. Ich werde auf die angesagtesten Partys gehen und mir einen viel erfolgreicheren und wohlhabenderen Mann als Alphonse angeln, mit dem ich bis an mein Lebensende, das in sehr, sehr, sehr weiter Ferne liegt, glücklich werde.

Fred blieb unbeeindruckt.

Immerhin schloss die Staging-Untersuchung eine Metastasierung aus. Ihre Tumormarker waren normal, trotz gesicherter Diagnose. Dies führte zunächst zu einiger Irritation, aber dann stand ihr Behandlungskonzept.

Nadine las viel über Ernährung bei Krebskrankheiten. Ihre Großmutter war Veganerin, und interessanterweise hatte Nadine bei ihr schon viele der positiv bewerteten Nahrungsmittel zu sich genommen: grünen Tee, weißen Tee, Ingwer, Beerenfrüchte, Zitrusfrüchte, Kohlsorten, Avocado, Karotten, Rüben, Radieschen, Tomaten, Chili, Knoblauch, Zwiebeln, Kurkuma, frische Kräuter, Nüsse und Samen, gute Pflanzenöle, rohen Kakao. Als hätte ihre Großmutter instinktiv gewusst, was gut für sie war.

Sie las auch von Studien, die darauf hindeuteten, dass Fasten vor einer Chemotherapie die Selbstheilungskräfte des Körpers aktivieren und die Nebenwirkungen des Giftcocktails reduzieren konnte.

Ihre Großmutter reagierte nicht überrascht, als Nadine es ausprobieren wollte. Sie bat sie lediglich, ihr sofort Bescheid zu sagen, wenn es ihr beim Fasten nicht gut ging. Außerdem bot sie an, ihr jeden Tag eine Dosis Kundalini-Reiki zur Heilung zu geben.

Zu Beginn ihrer Fastenkur hatte Nadine heftige Kopfschmerzen und lag stundenlang jammernd in ihrem abgedunkelten Mansardenzimmer.

»Das sind Entzugserscheinungen«, sagte ihre Großmutter. »Kaffee, Zucker, Umweltgifte, all die alltäglichen Dinge, die nicht gut für uns sind. Manches davon kann man leider nicht vermeiden.«

Tatsächlich, nach drei Tagen wurde es besser. Der Hunger verschwand zu Nadines Überraschung auch, genauso wie die Angstzustände, die sie insbesondere nachts befallen hatten. Sie fühlte sich fit und lief jeden Tag die sechs Kilometer zum Tempel und zurück, um an einer Yogaklasse teilzunehmen und sich danach von Erzengel Raphael eine Dosis Heilenergie abzuholen. Man hatte ihr zwar gesagt, dass die Visualisierung überall funktionieren würde, aber im Tempel fühlte sie eine zusätzliche Ruhe und Gelassenheit.

In Italien war sie nie in die Kirche gegangen, obwohl sich in Mailand einige prächtige Gotteshäuser befanden. Sie hatte sich immer damit rausgeredet, dass sie die Sprache nicht verstünde und deshalb der Besuch eines Gottesdienstes sinnlos wäre. Doch in Wahrheit war es so, wie ihre Großmutter es formuliert hatte: Man musste nicht verstehen, was jemand sagte, um zu wissen, was er meinte. Josef verstand sie immer noch nicht, genauso wenig wie Sanskrit, die Sprache, in der die Mantras gesungen wurden. Trotzdem wusste sie instinktiv, was sie ihr sagen wollten.

Vielleicht würde so auch die Kommunikation mit Fred funktionieren? Versuchen konnte sie es.

Was willst du von mir?, fragte sie Fred in Gedanken, während sie auf einem Meditationskissen vor dem Bild des Erzengels Raphael saß.

Ich will, dass du dich mit mir beschäftigst, kam prompt die Antwort.

Na toll, so wie ein quengeliges Kleinkind, das Aufmerksamkeit fordert?, dachte Nadine. Kannst du vergessen. Ich hab's nicht so mit Kindern und mit Männern leider auch nicht, wie du sicher weißt.

Du hast etwas verdrängt. Ich bin da, um dich daran zu erinnern.

Quatsch, was sollte sie denn verdrängt haben?

Das Schweigen zog sich. Entweder hatte es Fred die Sprache verschlagen, oder er wollte, dass sie von selbst drauf kam.

Wo befinde ich mich?

»In meiner Brust«, antwortete Nadine widerwillig, dafür aber laut.

Weißt du, wofür die weibliche Brust steht?

Da konnte sie nur raten. »Sexsymbole?«

Fast schien es, als würde Fred genervt aufstöhnen ob dieses Klischees. *Auf welcher Seite befinde ich mich?*

Waren sie hier etwa in der Schule? »Auf der linken«, antwortete Nadine dennoch brav.

Weißt du, wofür die linke Seite eines Menschen steht?

»Für die emotionale Seite«, fiel ihr ein.

Weißt du jetzt, warum ich da bin, wo ich bin?

Nur zu gerne hätte Nadine trotzig »Nein, Herr Oberlehrer!« gesagt. Sie hatte allerdings das dumme Gefühl, dass sich diese Aggression letztendlich gegen sie selbst gerichtet hätte.

»Du willst mich daran erinnern, dass Frauen ihre Emotionen nicht unterdrücken sollen?«

Nicht nur.

»Du willst, dass ich mich nicht mehr so freizügig anziehe? Brauchst du mir nicht zu sagen, damit nervt mich mein Vater schon genug.«

Fred schwieg.

War er beleidigt, oder hielt er sie für einen hoffnungslosen Fall und hatte aufgegeben? Unwillkürlich tastete Nadine ihren Busen ab, aber die Kirsche war noch da. Wäre auch zu schön gewesen. Solche Spontanheilungen gab es wohl nur im Märchen.

Frau. Brust. Links. Was sollte diese Kombination bedeuten?

Was hatte die Yogalehrerin gesagt? Nehmt euren Körper an, so wie er ist. Ob Fred das meinte? Sollte sie ihren Körper annehmen, trotz – oder gerade wegen – Fred?

Du bist auf dem richtigen Weg. Nimm deine Weiblichkeit an.

»Du hast sie doch nicht mehr alle«, schimpfte Nadine. »Ich weiß schließlich, dass ich eine Frau bin! Abgesehen von dir habe ich mein Leben im Griff, also hau gefälligst ab!«

Es überraschte sie nicht, dass Fred trotzdem blieb.

*

»Wir könnten ein Channeling machen, wenn du möchtest«, bot ihre Großmutter an, als Nadine sie um Rat bat. »Brustkrebs ist ein Mutterthema. Die Seite deiner Emotionen ist gestört. Du musst dich dem Thema stellen, erst dann kann Heilung erfolgen.«

»Aber was kann ich dafür, dass es in unserer Familie immer Mutter-Tochter-Probleme gibt?«

Ihre Großmutter sah sie an. »Jeder Mensch ist für sein Denken und Handeln selbst verantwortlich. Bewerte nicht, was andere tun. Fühle dich nicht für andere verantwortlich. Akzeptiere sie so, wie sie sind, und akzeptiere auch dich so, wie du bist.«

In ihrem Job als Model ging es darum, sich als Individuum zurückzunehmen und ein Produkt in den Vordergrund zu stellen. Immer ein anderes, für das der jeweilige Kunde gerade zahlte. Kein Wunder, dass sie nie sicher war, wer sie selbst eigentlich war und was sie wollte. Auch in der Beziehung mit Alphonse war sie unsicher gewesen. Er war derjenige, der die Initiative ergriffen hatte. Bis zum Schluss hatte sie nicht gewusst, was er in ihr sah, ob er sich für sie als Mensch interessierte oder nur für das Model an seiner Seite, mit dem er sich schmücken und seine eigene Karriere forcieren konnte.

»Ich bin Model. Da entwickelt man ein ungesundes Verhältnis zum eigenen Körper. Dir wird permanent eingetrichtert, dass du nicht perfekt bist, aber perfekt sein musst. Noch schöner, jünger, dünner, langhaariger, was immer gerade in Mode ist.« Ob es das war, was Fred ihr sagen wollte? Dass sie sich nicht von anderen einreden lassen sollte, dass sie nicht schön genug, nicht gut genug oder sonst wie unzulänglich war?

»Es geht nicht um blond oder brünett, um ein paar Pfund mehr oder weniger, um die Größe deines Busens«, sagte ihre Großmutter. »Es geht um dich.«

Nadine schluckte gegen die Kröte in ihrem Hals an. Ein Krebs und eine Kröte. Sie hatte wirklich tierische Probleme! Der Vergleich brachte sie dann doch wieder zum Lachen.

Das Channeling war kurz. »Erzengel Raphael hat eine Botschaft für dich«, verkündete ihre Großmutter. »Er sagt: Vergib dir selbst und deinen Nächsten. Nimm dich an als Frau, so wie du bist.«

Das war alles? Nadine schüttelte den Kopf.

»Das hättest du mir ja auch gleich sagen können«, warf sie ihm vor, als sie sich im Tempel vor sein Bild setzte.

Sie hatte doch versucht, sich und anderen zu vergeben.
Sie hatte sich doch längst als Frau angenommen.
Oder etwa nicht?
Die brave, angepasste Tochter.
Die erfolgreiche, strahlend schöne Beinahe-Verlobte.
Die leere, nichtssagende Werbefläche.

Ihr Leben war leer und nichtssagend. Sie hatte keinen Partner, keinen Job, noch nicht einmal Freunde. Die ganze Zeit hatte sie gedacht, wenn sie erfolgreich wäre, würde ihr alles andere in den Schoß fallen.

Aber waren dies wirklich ihre Wünsche, oder waren es Wünsche, die sie vorgab zu haben, weil ihre Eltern, die Medien, die Gesellschaft es erwarteten?

Was wünschte sie sich?

Erschreckenderweise wusste sie es nicht. Sie traf nur auf Leere. Und auf Fred, den sie nicht wollte.

Wenn man krank war, wünschte man sich Gesundheit. Vielleicht war das ein Ansatzpunkt.

Ich werde achtsamer mit mir und meinem Körper umgehen.

Ich werde meine Großmutter ernst nehmen und das, was sie in der Gemeinschaft macht, nicht mehr als esoterische Spinnerei abtun.

Ich werde mich mit meiner Mutter aussöhnen. Vielleicht sogar mit meinem Vater.

Ich werde herausfinden, was meine Lebensaufgabe ist, und mir dann Gedanken darüber machen, wie mein Leben verlaufen sollte, damit ich sie erfüllen kann. Und ich werde mir vergeben, dass ich es momentan noch nicht weiß.

Ich werde … leben?

Depression

Der erste Termin von Nadines Chemotherapie rückte näher. Alle einundzwanzig Tage würde sie eine Dosis bekommen, insgesamt hatte sie mindestens acht Zyklen vor sich.

Da sie in München zum Arzt gegangen und von der Praxis ins Krankenhaus überwiesen worden war, würde auch ihre Chemotherapie in München stattfinden. Sie konnte nur hoffen, dass sie danach noch fit genug war, um zu ihrer Großmutter zurückzukommen. Ein Taxi stand ihr nur zur nächstgelegenen Klinik zu, und sie wollte Josef nicht bitten, sie zu fahren.

Sie las viel über Chemotherapie und die Auswirkungen. Doch die zahlreichen positiven Berichte beruhigten sie nicht, stattdessen wurde sie immer nervöser. Je näher der Termin kam, desto stärker wurden ihre Zweifel. Sie fühlte sich komplett hilflos.

Ihre Großmutter hatte angeboten, sie in die Klinik zu begleiten, aber Nadine hatte ein fröhliches Gesicht aufgesetzt und entschlossen gesagt, das würde sie alleine schaffen.

Jetzt war sie sich nicht mehr so sicher. Vor allem nicht, als sie auf dem Weg von der Bahn zur Klinik an einem Sanitätshaus vorbeikam und in der Schaufensterauslage Brustprothesen mit den entsprechenden Büstenhaltern sah.

Mit den Dingern könnte sie locker von Körbchengröße B zu D wechseln. Ob das ihre Modelkarriere endlich in Fahrt bringen würde?

Die Klinik ragte groß und grau vor ihr auf. Nadine meldete sich am Empfang und wurde einer Gruppe von Frauen zugeteilt, mit denen sie ihre Chemo erhalten würde. Sie sah bleiche Gesichter, die so gar nicht zum Sommer passen wollten, und ungepflegt wirkende Schlabberklamotten. Im Raum herrschte eine Atmosphäre mühsam unterdrückter Angst.

Ein Mann gesellte sich zu ihrer Gruppe. Nadine hielt ihn zunächst für jemanden vom Krankenhauspersonal, bis er, fast entschuldigend, sagte, dass er ebenfalls Brustkrebs habe. Einige Frauen glaubten ihm offensichtlich nicht und reagierten unwirsch, als habe er sich eingeschlichen. Erst als die Krankenschwester, die reihum allen ihre Zytostatika verabreichte, auch ihm Medikamente gab, legte sich das Murmeln. Die Stimmung blieb angespannt.

War es das, was Nadine auf den Magen schlug, oder der Gedanke an den Chemiecocktail, der gleich in ihre Venen fließen würde? Je näher die Krankenschwester kam, desto schneller überschlugen sich ihre Gedanken und desto falscher fühlte sich alles an.

Keine Chemo. Sie wird dich umbringen.

Die Worte kamen aus dem Nichts und trafen sie mit der Gewalt einer Wand, gegen die sie unabsichtlich gerannt war.

Nadine hielt sich den Kopf, als sei sie tatsächlich gegen ein Hindernis geprallt.

Eine Chemotherapie schwächte das Immunsystem, das hatte sie in allen Foren gelesen. Oft starben die Patienten nicht am Krebs, sondern an den Folgen der Behandlung.

Noch zwei Patientinnen, dann war die Krankenschwester bei ihr. Sie riskierte einen Blick in die Runde: Alle schwiegen sich an, ergaben sich ihrem Schicksal, fügten sich in das Unvermeidliche.

Noch eine Patientin. Nadine ballte die Hände zu Fäusten. Nur ihre Großmutter hatte sich neutral verhalten, alle anderen hatten ihr empfohlen, die Chemo durchzuziehen. Sei eine brave Patientin, und in einem Jahr hast du das Schlimmste überstanden.

Aber was, wenn sie trotz Chemotherapie sterben würde? Sollte sie nicht lieber versuchen, sich die letzten Monate so schön wie möglich zu machen?

Sie lauschte ihrem Herzschlag. Ka-wumm, ka-wumm, ka-wumm. Die Melodie ihres Lebens. Viel zu schnell, viel zu hektisch, viel zu anstrengend.

»Entschuldigung, aber ich kann das nicht!«, rief sie und sprang auf, gerade als die Krankenschwester sich ihr zuwandte. Mit ein paar Schritten war sie aus dem Raum und stand im Flur. Von hier aus konnte sie den Ausgang sehen.

»Warten Sie! Sie können die Behandlung doch nicht einfach abbrechen!«, hörte sie hinter sich, aber sie war es leid, zu warten. Warten auf das nächste Casting, das nächste Shooting, den nächsten Mann, das nächste Leben.

Draußen fand sie ein Stückchen Rasen und ließ sich darauf sinken, kurz hinter dem Schild, auf dem das Betreten desselben verboten wurde.

Die Sonne schien. Ein Vogel sang. Einige Passanten warfen ihr naserümpfend Blicke zu.

Alles nichts Neues.

Sie hatte gerade einen großen Schritt gewagt. Zum ersten Mal in ihrem Leben hatte sie nicht getan, was man von ihr erwartete. Selbst als sie nach Mailand gegangen war, hatte dies dem Wunsch ihrer Agentur entsprochen.

Über die Konsequenzen dieses Schrittes war sie sich noch nicht im Klaren. Für den Moment allerdings fühlte er sich richtig an.

*

Die Nachricht von Selina, die ihr ein Fotoshooting vermittelt hatte, bekam sie auf der Fahrt zurück nach Herrsching. Schon am nächsten Tag sollte sie wieder in München sein. Das wäre nicht möglich gewesen, hätte sie heute die Chemo durchgezogen. Zufall oder Schicksal?

Nadine sagte zu, obwohl es ein Produktshooting war. Etwas, worüber ein echtes Model normalerweise die Nase rümpfte, sofern es nicht gerade als das Gesicht der neuesten Make-up-Kampagne eines bekannten Kosmetikherstellers ausgesucht worden war. Wer für Polstermöbel oder Versandhauskataloge warb, hatte in der Welt der High Fashion verspielt.

Sie wusste, was dieser Auftrag für ihre Karriere bedeuten konnte, redete sich jedoch ein, dass sie damit nur die Sommerflaute überbrückte, bis im Herbst die Modeshootings wieder losgingen. Fürs Herumstehen und Gutaussehen bezahlt zu werden, war kein übler Job. Für viele war es sogar der Traumjob schlechthin.

Warum freute sie sich dann nicht darauf? Hatte Fred sich schon so in ihr Leben gedrängt, dass ihr nichts mehr Freude machte, oder war sie selbst es, die ihre Prioritäten verschoben hatte?

*

»Du hast es nicht durchgezogen«, empfing ihre Großmutter sie.

Während der guten halben Stunde Fußweg vom Bahnhof zu Johannas Haus hatte Nadine sich ganz umsonst Sorgen gemacht, wie sie ihr die Wahrheit sagen konnte. Ihre Großmutter hatte es längst gespürt. Keine Frage nach dem Warum, kein Lamentieren, dass sie die falsche Entscheidung getroffen hätte. Lediglich Akzeptanz.

»Ich liebe dich, echt«, murmelte Nadine verlegen und umarmte ihre Großmutter stürmisch.

»Wir lieben dich auch«, antwortete die und drückte sie fest an sich. »Ich hätte dir ja den Josef zum Bahnhof geschickt, um dich abzuholen, aber ich wusste, dass du ihn nicht brauchen würdest.«

»Ich muss morgen übrigens wieder nach München. Diesmal für einen Job«, erklärte sie schnell, bevor ihre Großmutter womöglich auf falsche Gedanken kam.

Die nickte. »Nur deshalb?«

Nadine seufzte. »Ich mache keine Chemo«, antwortete sie leise. »Es ging nicht. Ich habe gefühlt, dass es falsch gewesen wäre.«

»Versprichst du mir, stattdessen über eine Operation nachzudenken?«

»Die wollte ich von Anfang an. Aber ich habe mich einlullen lassen von dem Gerede, dass der klassische Weg Chemo, OP und Bestrahlung wäre.«

»Nicht jeder Weg ist für jeden der richtige. Jede Erkrankung ist individuell, genauso wie jede Schwangerschaft. Es gibt keine allgemeingültigen Regeln. Du musst wissen, was für dich das Beste ist.«

Eine große Verantwortung. Die für ihr eigenes Leben.

Wer war sie schon? Einfach nur ein junges Mädchen,

leidlich hübsch, so wie Tausende andere auch. Mit Träumen, die man in diesem Alter hatte, die aber nicht ihre eigenen waren. Sie hatte noch nicht einmal eine Persönlichkeit. Kein Wunder, dass sie sich selbst als leere Hülle empfand.

»So ein Unsinn, du bist wunderbar«, widersprach ihre Großmutter energisch, als Nadine ihr diese Gedanken mitteilte. »Du hast so ein inneres Strahlen, das heraus will. Ich kann es sehen.«

»Aber ich weiß doch gar nicht, was ich will«, schniefte Nadine.

»Eines Tages wirst du es wissen. Dafür ist es nie zu spät. Wir lieben dich so, wie du bist, ohne dich zu bewerten. Versuch, das auch zu tun, und du wirst erkennen, wer du bist.«

Wer war die Frau hinter der Maske, die sie so lange getragen hatte? Nicht, weil sie dadurch glamourös und geheimnisvoll wirkte, sondern weil sie sich dahinter versteckt hatte.

Die Maske war auch ein Schutz vor ihr selbst gewesen. Was, wenn sich dahinter nichts verbarg? Wenn sie nur eine leere, wertlose, unbedeutende Hülle war?

Was, wenn Fred das einzig Echte an ihr war?

*

Am nächsten Morgen rief sie in der Klinik an, entschuldigte sich für ihr Verhalten und bat um einen Operationstermin.

Sie hatte befürchtet, dass man sie aufgrund ihres überstürzten Aufbruchs nicht weiter behandeln würde, doch man akzeptierte ihren Entschluss. »Da Sie volljährig sind, ist es Ihre freie Entscheidung. Wir empfehlen in Fällen wie Ihrem eine Chemotherapie, aber wir unterstützen Sie selbstverständlich auch, wenn Sie diese ablehnen.« Wegen eines Operationstermins werde man sich zeitnah bei ihr melden.

Nadine bedankte sich höflich für das Verständnis und machte sich auf den Weg zum Fotoshooting.

Was wohl geschehen wäre, wenn sie mit siebzehn erkrankt wäre? Dann hätten ihre Eltern über ihre Behandlung bestimmt. Nadine konnte sich nicht vorstellen, dass sie es gewagt hätten, den Rat der Ärzte zu missachten. Sie hoffte nur, dass sie die richtige Entscheidung getroffen hatte.

Die Fotoshooting-Location, die Selina ihr genannt hatte, stellte sich als Lagerraum eines Möbelgeschäfts heraus. Profaner ging es kaum. Eine Frau, die gleichzeitig für Hair, Make-up und Styling verantwortlich war, verpasste ihr klassische Kleidung und trimmte sie gnadenlos auf älter.

Nadine ließ es widerspruchslos über sich ergehen. Als die Stylistin mit ihr fertig war, schaute ihr aus dem Spiegel eine Frau in ihren Dreißigern entgegen. So könnte sie aussehen, wenn sie dann noch lebte. Eigentlich keine schlechten Aussichten.

Am Set war eine weiße Küche aufgebaut. Der Fotograf überprüfte gerade irgendwelche Kabel am Fußboden. Nadine sah deshalb als Erstes seinen Hintern, der in einer blauen Jeans steckte. Als er sich aufrichtete, folgten ein weißes T-Shirt und ein brauner Wuschelkopf.

»Hallo, ich bin Nadine«, sagte Nadine zu seiner Rückenansicht.

Er drehte sich um. Von vorne wirkte er ziemlich jung.

Nadine schätzte ihn auf Mitte bis Ende zwanzig. Zwischen den Lippen hielt er etwas, das wie eine Mischung aus High-Tech-Kugelschreiber und Taschenlampe aussah.

»Hmo«, nuschelte er, legte ein paar Kabel auf den Küchentresen, nahm das Ding aus dem Mund und streckte ihr die Hand hin. »Malte. Wir können in ein paar Minuten anfangen. Muss nur noch das Licht einrichten. Du kannst dich schon mal neben die Spüle stellen und dich mit allem vertraut machen.«

Außer ihnen beiden und der Stylistin, die sich mit Stöpseln in den Ohren zurückgezogen hatte, war niemand da. Kein Assistent, kein Beleuchter, kein Produktionsleiter, kein Auftraggeber, kein Werbeleiter oder sonst jemand von Wichtigkeit. So sah also das untere Ende der Nahrungskette aus, dachte Nadine desillusioniert. Sie konnte nur hoffen, dass keine ihrer Kolleginnen sie auf den Bildern erkennen würde.

Ernüchtert ließ sie ihren Blick über die Arbeitsplatte schweifen, wo er an einigen bunten Lebensmitteln hängen blieb.

Grüne Erbsen. Braune Haselnüsse. Rote Kirschen.

Es traf sie wie ein Schlag in die Magengegend. Was hatte Fred für einen sonderbaren Humor, dass er ihr ausgerechnet bei einem Fotoshooting seine Alter Egos präsentieren musste?!

»Worum geht es denn eigentlich?«

Der Fotograf strich sich die braunen Locken aus dem Gesicht. Angesichts ihrer Länge wunderte Nadine sich, dass er überhaupt etwas sah. War das ein neuer Modetrend, oder war er einfach ewig nicht mehr beim Friseur gewesen?

Er konsultierte eine Liste. »Für vieles brauche ich dich gar nicht.«

»Wofür brauchst du mich denn?«

»Keine Ahnung. Lass mich erst mal die Spülsiebe und Gemüsereiben fotografieren, dann sehen wir weiter.«

Nadine verdrehte die Augen. Sie war kein Handmodel, das nur dafür gebucht wurde, irgendwelche Produkte in den gepflegten Händen zu halten. Sie war Fashion-Model!

Anstatt sich über die freie Zeit zu freuen, war sie genervt. Was hätte sie in dieser Zeit alles Sinnvolles machen können!

So? Was denn?

War das etwa Fred, der sich da einmischte? Wenn sie tatsächlich nur noch wenige Monate zu leben hatte, dann sollte sie sich besser überlegen, was sie mit ihrer Zeit anfangen wollte. Eine Bucket List, sozusagen. Hundert Dinge, die sie noch erleben wollte, bevor sie starb.

Dummerweise fiel ihr keine einzige Sache ein.

»So, ich wäre so weit«, rief der Fotograf.

Nadine ging zu ihm hinüber. Wie hieß er noch mal, Moritz? Irgendetwas Norddeutsches, seinem Akzent nach zu schließen. Da sie sich nicht sicher war, sagte sie nur: »Ja?«

»Als Nächstes kommen die Gewürzmühlen an die Reihe. Könntest du dich bitte an den Tisch stellen und demonstrieren, wie man sie benutzt? Du brauchst nur so zu tun, als ob.«

»Gewürzmühlen. Aha.« Ein Utensil, das sie noch nie benutzt hatte und wahrscheinlich auch nie benutzen würde.

»Gewürzmühlen sind etwas Wunderbares. Frisch gemahlene Gewürze schmecken intensiver. Sie bringen etwas Exotisches, Verführerisches, Exquisites in jedes Gericht. Eine Gewürzmühle sollte in keinem Haushalt fehlen. Mit ihr kann jede Hausfrau zur Spitzenköchin werden.«

»Wirklich?«, fragte Nadine unwillkürlich.

»Keine Ahnung, aber versuch, dich in diese Stimmung zu versetzen, damit wir die Mistdinger im besten Licht präsentieren können, ja?«

Gegen ihren Willen prustete Nadine los. Es tat gut, wenn ein Fotograf seinen Job mal nicht so bierernst nahm.

Sie griff nach einer Gewürzmühle mit getrockneten Chilis. »Damit machen Sie Ihre Gäste scharf«, sagte sie und hielt sie grinsend in die Kamera.

»Versuch, sie so anzufassen, dass du keine Fingerabdrücke darauf hinterlässt. Auf Metall und Glas sieht man jeden Tapser.«

»Das würde es einer Mordkommission einfacher machen«, entgegnete Nadine. Der Kommentar brachte ihr einen verständnislosen Blick und ein Kopfschütteln ein. Da schaute wohl jemand keine Krimis.

Sie hatte ihre Position gerade auf seine Anweisung hin geändert, als ein Geräusch sie zusammenzucken ließ. Irgendwo hinten im Lager krachte etwas. Ob die Stylistin eingeschlafen und vom Stuhl gefallen war?

»Mähmmmm!« Ein Zwerg mit einem Propellerflugzeug in der erhobenen Hand raste haarscharf an ihr vorbei. Nadine zuckte erneut zusammen. Gehörte der etwa auch zum Motiv?

»Mähkkkrrr.« Das Propellerflugzeug schien abzustürzen.

Nadine warf dem Fotografen einen Blick zu, aber der schaute durch seinen Sucher und schien blind, taub und stumm für alles, was um ihn herum vorging.

»Kkkrrrkkk.« Der Zwerg schmiss das Propellerflugzeug in eine Getränkekiste. Es prallte ab und landete auf dem Boden.

»Kaputt.« Zufrieden betrachtete der Zwerg sein Werk, dann verschwand er hinter einer Küche im Landhausstil.

»Kannst du mal ein bisschen weniger verwirrt gucken?«

Irritiert blickte Nadine auf. Der Fotograf hatte seine Kamera sinken lassen und sah sie missbilligend an. Hatte sie sich die Szene gerade etwa nur eingebildet? Nein, das Flugzeug lag immer noch auf dem Boden.

»Sorry«, sagte sie und setzte das künstliche Lächeln auf, das sie in den letzten Jahren perfektioniert hatte.

Der Fotograf brummelte ungehalten und machte weiter Bilder. Die Blitze blendeten Nadine. Vom vielen Lächeln begannen ihre Gesichtsmuskeln zu schmerzen.

Sie war so darauf konzentriert, sich nichts anmerken zu lassen, dass sie zusammenschreckte, als jemand an ihrem Bein zerrte. »Du-hu, ich muss Pipi!«

Der Zwerg von vorhin. Von Nahem sah er wie ein etwa vierjähriger, strohblonder Junge aus. Ein Kind mit ziemlich dreckigen Fingern, denn ihr Hosenbein war nicht nur verkrumpelt, sondern wies deutliche dunkelbraune Flecken auf.

»Ist das etwa Schokolade?«

Der Junge riskierte einen Blick nach oben und leckte sich die Finger ab, ohne ihr Hosenbein loszulassen. »Sssokolade. Pipi.«

»Finn!«, brüllte der Fotograf. »Habe ich dir nicht gesagt, du sollst hinten spielen?«

Nadine stellte die Gewürzmühle auf den Tisch. »Das kann ein Kind in dem Alter doch noch gar nicht verstehen!«

»Sag mir nicht, was mein Kind verstehen kann und was nicht!«

War er etwa der Vater dieses Monsters? Nadine verschränkte die Arme. »Wenn er dich so gut versteht, dann sag ihm doch, dass er seine Schokofinger von mir nehmen soll!«

Während sie stritten, breitete sich um Finn herum eine Lache aus.

Der Fotograf gab sich keine Mühe, seinen Fluch zu unterdrücken. Wenn der Junge den Wortschatz seines Vaters aufschnappte, würden seine Lehrer später ihre Freude an ihm haben.

»Warte hier!«, befahl der Fotograf Nadine und schnappte sich den strampelnden Jungen, um mit ihm im hinteren Bereich des Lagers zu verschwinden.

Nadine ignorierte seine Anweisung und machte sich auf die Suche nach der Stylistin. Die lag kaugummikauend und musikhörend in einem großen Ledersessel.

Nach ein paar Minuten war Nadine von Kopf bis Fuß neu eingekleidet. Wie gut, dass mehrere Bilderserien in unterschiedlichen Outfits geplant waren.

Obwohl sie sich nicht beeilt hatte, war von dem Fotografen und seinem Sohn nichts zu sehen. Missmutig schlich Nadine um das Set herum, bis ihr Blick auf die Profikamera fiel, die auf der Küchenplatte lag.

Aus Langeweile und Neugier klickte sie durch die Bilder. Auf den meisten waren nur Ausschnitte zu sehen. Warum hatte er sie kopflos fotografiert – war es das, wie er sie sah?

Nadine dekorierte ein paar Küchenartikel auf der Arbeitsfläche, stellte das Licht ein, mahlte ein bisschen gelbes Pulver auf die Arbeitsplatte, legte ein paar Chilis daneben, schob einen Teller mit Erbsen halb ins Bild. Die Gewürzmühlen wirkten viel besser ohne Model. So vertieft war sie ins Bildermachen, dass sie den Fotografen nicht hörte, bis er unmittelbar neben ihr stand. »Leg sofort die Kamera wieder hin, du dumme Nuss!«

Als ›dumme Nuss‹ war sie noch nie bezeichnet worden. »Hör mal, du Wichtigtuer, wenn du nicht mitten im Shooting weggelaufen wärst, dann -«

»Ja, klar, jetzt bin ich schuld? Zu blöd zum Stillstehen, aber mir Vorschriften machen wollen?«

Alle Wut, die Nadine während der letzten Jahre auf Fotografen angesammelt hatte, entlud sich innerhalb von Sekunden. »Ihr Fotografen wärt nichts ohne uns Models! Aber anstatt uns wie Menschen zu behandeln und euch ab und zu mal zu bedanken, müsst ihr ständig den dominanten Macho geben. Was wärt ihr armselig, wenn ihr uns nicht herumkommandieren könntet!«

Der Fotograf sagte daraufhin gar nichts mehr. Dann fuhr er sich mit der kamerafreien Hand durch die Locken. »Nadine, ja? Okay, tut mir leid. Ich bin froh, dass du noch da bist. Andere Models wären abgehauen, hätten den Job sausen lassen und mich bei ihrer Agentur angeschwärzt, und die mich dann bei meinem Auftraggeber.«

Nadine biss sich auf die Lippen. »Tut mir leid, Matze, aber …«

»Malte.«

»Malte?«

Er streckte ihr die Hand hin. »Hi, ich bin Malte. Ich habe einen Scheißtag. Wollen wir noch mal von vorne anfangen, damit wir diese verdammten Bilder in den Kasten bekommen und ich so schnell wie möglich gehen kann, um mein Leben wieder in den Griff zu kriegen?«

Da waren sie schon zwei, die gerade nichts im Griff hatten. »Hi, ich bin Nadine. Ich habe einen Scheißsommer. Und ich hätte auch nichts dagegen, frühzeitig Feierabend zu machen, obwohl ich bezweifle, dass ich mein Leben innerhalb eines Abends in den Griff kriege.«

Sie schüttelten sich die Hände, als ob sie einen Pakt besiegelten.

*

»Der Fotograf will dich sprechen.«

Nadine rutschte das Herz in die Hose bei Selinas Anruf. »Sag ihm, ich kann nicht.«

»Du sollst ihn anrufen. Das musst du ihm schon selber sagen.«

Nadine wog ihre Chancen ab: Sollte sie Selina gestehen, dass sie Mist gebaut hatte, und hoffen, dass diese die Kastanien für sie aus dem Feuer holte, oder sollte sie es lieber selbst mit dem Fotografen aufnehmen?

Unangenehme Sachen schob sie normalerweise möglichst lange vor sich her, bis sie in ihrer Fantasie viel bedrohlicher wurden, als sie letztendlich waren. Diese Einstellung kostete viel Energie und verursachte unnötigen Stress.

Aber das Leben war endlich, und es gab Wichtigeres als streitlustige Fotografen. Der Gedanke an Fred nahm ihr die Angst vor etwas so Unwichtigem wie einem Streit. »Gib mir seine Nummer.«

Am besten nahm sie ihm gleich den Wind aus den Segeln. Entschlossen wählte sie die Nummer und überfiel ihn, kaum dass er sich gemeldet hatte: »Hallo Malte, wenn du dein Leben im Griff hättest, müsstest du anderen keine Probleme machen!«

Mehrere Sekunden lang blieb es still in der Leitung. »Nadine?«, fragte er dann vorsichtig.

Sie bejahte, überrascht, dass er sich an ihren Namen erinnerte. Dann fiel ihr ein, dass er um ihren Rückruf gebeten hatte.

»Sag mal, hättest du am Samstag Zeit?«, überraschte er sie gleich noch einmal.

»Soll das etwa ein Date werden?« Ihre Wirkung auf Männer hatte sich trotz Fred also nicht vermindert.

»Ein Date? Verdammt, nein, wie kommst du denn darauf?«

»Oh«, sagte Nadine, peinlich berührt. Wie kam sie jetzt am besten aus diesem Fettnäpfchen heraus? »Wie hast du es denn gemeint?«

»Die Bilder, die du gemacht hast, sind ziemlich gut geworden. Fotografierst du viel?«

Sollte sie ihm sagen, dass sie außer ein paar Schnappschüssen für ihre Social-Media-Accounts nicht fotografierte, und selbst das in letzter Zeit aufgegeben hatte? »Nein, nicht so viel.«

»Ich muss am Samstag ein Produktshooting machen und wollte wissen, ob du mir vielleicht helfen würdest. Ich habe keinen Babysitter für Finn gefunden.«

Hatte sie einen Knoten im Hirn, oder warum verstand sie schon wieder nicht, was Malte ihr zu sagen versuchte? »Womit soll ich dir helfen, mit den Fotos oder mit deinem Sohn?«

»Vielleicht mit beidem? Hör mal, ich weiß, du bist Model und so was ist unter deiner Würde, aber …«

»Ich mach's«, überraschte Nadine sich selbst am meisten.

»Cool. Das ist cool.« Malte schien es etwas die Sprache verschlagen zu haben. »Dann bis Samstag.«

Nadine legte mit einem Gefühl von Verwirrung auf. Wieso hatte sie zugesagt, einem Wildfremden zu helfen? Hatte sie nicht schon genug Probleme? Oder wollte sie mit dem Schicksal handeln, jeden Tag eine gute Tat, um am Leben zu bleiben?

Ihr Handy klingelte erneut. Es war die Klinik mit einem Operationstermin für sie.

Dienstag in einer Woche.

War das Karma, dass sie so schnell einen Termin bekommen hatte, oder Zufall?

»Karma natürlich«, sagte ihre Großmutter. »Du bist eben eine alte Seele. Da manifestiert sich jede Tat sehr schnell in Form von Karma.«

»Soll heißen?«, fragte Nadine.

»Dass du selbst weißt, was das Richtige ist. Jetzt musst du nur noch deinem Herzen folgen.«

Akzeptanz

Am Samstagmorgen fand Nadine sich in einer Fabriketage ein, in deren einer Ecke ein Fotoset aufgebaut war. Diesmal ging es nicht um Küchengeräte, sondern um edles Schreibwerkzeug.

Finn saß mit einem Mini-Tablet in einer anderen Ecke. Solange er beschäftigt war, konzentrierte Nadine sich auf die Fotos.

Während sie arbeiteten, erzählte Malte, dass er sich auf Reisefotografie spezialisiert hatte, wegen Finn aber zur Zeit nicht in diesem Bereich arbeiten konnte. Stattdessen machte er an einigen Tagen im Monat Produktshootings für wechselnde Auftraggeber. Insbesondere über einen Online-Schuhhändler ließ er sich aus: »Zweihundert bis zweihundertfünfzig Artikel pro Tag, das ist Akkordarbeit. Da bleibt alles Menschliche auf der Strecke. Die Bilder werden sofort nachbearbeitet und online gestellt. Das hat nichts mehr mit Ästhetik zu tun. Aber momentan muss ich es halt durchziehen. Kommen hoffentlich auch wieder bessere Zeiten.«

Genau wie bei ihr. »Was ist denn mit Finns Mutter?«, fragte Nadine.

»Ist mit der Situation überfordert.«

Mehr sagte er nicht, und Nadine wollte nicht nachbohren. Auch er kam ihr überfordert vor.

Erst Minuten später, als sie schon gar nicht mehr damit rechnete, erzählte er: »Wir waren nie verheiratet. Sie hat sich von mir getrennt, kurz nachdem sie erfahren hatte, dass sie schwanger war. Svenja wollte das Kind unbedingt behalten, war aber nicht in der Lage, sich zu kümmern. Anfangs lebte Finn bei ihrer Mutter, die wollte ihn aber auch nicht auf Dauer. Und bevor du jetzt nachbohrst, es ist in Deutschland für einen alleinerziehenden Vater alles andere als einfach, das Sorgerecht für sein eigenes Kind zu bekommen.«

»Aber jetzt ist er doch bei dir.«

Malte warf einen kurzen Blick auf seinen Sohn, der immer noch beschäftigt war, bevor er leise sagte: »Wenn Svenja es sich in den Kopf setzt, Finn wieder zu sich zu nehmen, gibt es wenig, was ich dagegen tun kann.«

Wie würde sie sich fühlen, wenn sie selbst Mutter wäre und ihr Ex-Partner versuchen würde, ihr das gemeinsame Kind wegzunehmen? Als würde ein Teil von ihr fehlen. Nadine fröstelte unwillkürlich.

Sie hatte stattdessen einen Teil zu viel.

Aber nicht mehr lange. Dienstag war Showdown.

Es war Abend, als sie das Shooting beendeten. Nadine hatte gar nicht gemerkt, wie die Zeit vergangen war. In den letzten Jahren hatte sie viel übers Fotografieren aufgeschnappt, wie sie jetzt feststellte. Dieses Wissen konnte sie nun erstmals anwenden.

Als sie zusammenpackten, klingelte Maltes Handy. Der Anrufer war eine Frau, so viel konnte Nadine an der Stimme erkennen. Malte reagierte unwirsch und beschimpfte die Anruferin, bevor er grußlos auflegte.

Nadine riskierte einen Seitenblick. »Deine Ex?«

»Die Babysitterin. Besser gesagt, die Ex-Babysitterin. Sie hat mir gerade mitgeteilt, dass sie den Sommer über in Urlaub fährt. Dabei fangen nächsten Monat die Kindergartenferien an, und heute Abend bräuchte ich sie auch dringend, da muss ich bei einem Empfang fotografieren. Sie sollte in einer halben Stunde bei mir sein, und nun sagt sie ab, weil sie mit ihren Freundinnen ins Kino will. Wo soll ich denn so schnell einen Ersatz finden?«

»Können seine Großeltern nicht einspringen?«

»Wohnen hunderte von Kilometern entfernt.«

»Ich könnte auf Finn aufpassen«, bot Nadine an, weil er so verzweifelt aussah.

»Und ihm Essen machen, ihn baden und ins Bett bringen?«

Nadine zögerte. Sie hatte keinerlei Erfahrung mit Kindern, aber so schwer konnte das nicht sein, oder? »Klar.«

»Das würdest du echt tun?« Malte schaute sie an, als bezweifelte er, dass ihr Angebot ernst gemeint war.

Nadine hatte selbst ihre Zweifel, nickte jedoch bekräftigend. »Natürlich.«

»Dann lass uns schnell einpacken und nach Hause fahren. Finn ist normalerweise auch ganz brav.«

Genau in diesem Moment äugte Finn um die Ecke, ein bösartiges Funkeln in den Augen, bevor er sich wieder seiner Tätigkeit zuwandte, die sich als Zerstören einer Zeitschrift herausstellte.

Mit einem Fluch entriss Malte ihm die beschädigten Seiten. »Meistens ist er friedlich«, sagte er dann zu Nadine. »Spätestens um acht muss er ins Bett, danach kannst du fernsehen oder was auch immer. Mir ist nur wichtig, dass er nicht alleine in der Wohnung ist. Ich will keinen Stress mit dem Jugendamt.«

Sie packten sein Equipment in den Kofferraum seines verbeulten Kombis und setzten den widerstrebenden Finn in den Kindersitz. So, wie Malte fuhr, überlegte Nadine ernsthaft, ob sie früher an Fred oder an Maltes Fahrkünsten sterben würde. Aber an diesem Abend kamen sie unfallfrei an ihrem Ziel an, einer relativ zentral gelegenen, wenn auch etwas heruntergekommenen Dreizimmerwohnung.

»Sorry für die Unordnung«, rief Malte, bevor er in seinem Schlafzimmer verschwand.

Nadine blieb im Wohnzimmer inmitten besagter Unordnung zurück. Von den Sets war sie Chaos gewöhnt, aber dies hier übertraf alles bisher Erlebte.

Bevor sie bereuen konnte, ihre Hilfe angeboten zu haben, trat Malte aus dem Schlafzimmer, perfekt gekleidet in Anzug, Hemd und Krawatte.

»Denkst du, dass ich so gehen kann?«

Nadine musterte ihn von Kopf bis Fuß. So, wie er gerade vor ihr stand, wirkte er richtig attraktiv. »Du solltest vielleicht noch Schuhe anziehen.«

Er grinste. »Aber sonst ist es okay?«

»Wenn du nicht gerade wieder jemanden anschreist, durchaus.«

»Tut mir leid, aber momentan wächst mir alles ein bisschen über den Kopf. Finn möchte ich nicht anschreien, deshalb bekommen das leider manchmal andere Leute ab.«

»Ehrlich gesagt möchte ich auch nicht angeschrien werden, bloß weil du dich über jemanden aufgeregt hast und ich zufälligerweise im falschen Moment vor dir stehe.« So etwas zu jemandem zu sagen hatte sie sich noch nie getraut. Es war irgendwie befreiend.

Malte fasste sich an die Nasenwurzel. »Das habe ich verdient, was? Ich gelobe Besserung. Trotzdem danke, dass du dich kümmerst. Du ahnst gar nicht, wie viel mir das bedeutet.«

Nadine konnte es sich ansatzweise vorstellen. Vor

wenigen Wochen war auch sie noch so gewesen. Es hatte Fred bedurft, um sie auszubremsen und zu entschleunigen. »Nun geh schon.«

*

Nadine wachte auf, weil jemand sie an der Schulter rüttelte.

Sie blinzelte in die plötzliche Helligkeit und sah in Maltes besorgt blickende braune Augen.

»Du bist wieder da«, stellte sie fest und warf einen Blick auf ihre Armbanduhr. Halb zwei. Sie lag zusammen mit etwa einem halben Dutzend überdimensionierter Stofftiere auf seinem Sofa.

»Tut mir leid, hat ein bisschen länger gedauert. Ich fahre dich schnell nach Hause.«

Nadine hielt inne, um an ihm zu schnüffeln. »Du riechst wie ein Weinkeller. Bist du so etwa Auto gefahren?«

»Nee, Fahrrad. Soll ich dir ein Taxi rufen?«

Sie bezweifelte, dass um diese Zeit noch eine S-Bahn nach Herrsching ging. »Zahlst du das? Ich muss zum Ammersee.«

»Ach du Sch…« Er brach ab. »Willst du mein Bett haben? Dann schlafe ich heute Nacht auf dem Sofa.«

Immerhin hatte er nach dem Missverständnis mit dem Nicht-Date gerade ein weiteres Missverständnis vermieden. »Lass mal. Ist eigentlich ganz bequem hier.« Eine Decke brauchte sie nicht, es war warm genug. Auch das blaue Plüschnilpferd hatte als Kissenersatz bisher gute Dienste geleistet.

»War mit Finn alles in Ordnung?«

Nadine dachte an Finns diverse Tobsuchtsanfälle,

bevor sie ihn endlich im Bett gehabt hatte. Zwar gebadet, aber mit ungeputzten Zähnen, weil sie den Kampf mit ihm irgendwann leid gewesen war. Es gab Wichtigeres im Leben als ungeputzte Milchzähne oder überflutete Badezimmer. »Klar, liegt er nicht im Bett und schläft?«

»Wie ein Murmeltier«, bestätigte Malte, dass er natürlich zuerst nach seinem Sohn und erst dann nach ihr geschaut hatte.

»Gute Nacht«, murmelte sie und driftete zurück ins Reich der Träume.

*

Als Nadine das nächste Mal aufwachte, duftete es nach Kaffee.

Während sie noch versuchte, sich zu orientieren, stürzte sich ein vielarmiges Monster auf sie, das sich erst beim zweiten Hinsehen als Finn entpuppte. »Ich darf dich wäääckääähnnn!«

Das war ihm gelungen. Nadine gähnte und schlurfte ins Badezimmer.

Wenig später folgte sie dem Kaffeeduft und traf in der Küche auf Malte und Finn, die am gedeckten Frühstückstisch saßen. In der Mitte stand eine Kaffeekanne mit einem altmodischen Porzellanfilter, wie Nadine ihn bisher nur auf Flohmärkten gesehen hatte.

Mit den Worten »Ich war mir nicht sicher, ob du Brötchen isst« hielt Malte ihr eins hin. Nadine lief augenblicklich das Wasser im Munde zusammen. Ein Gefühl von Heimweh beschlich sie, Erinnerungen an Sonntagsfrühstücke mit ihren Eltern, Brunch mit Schulfreundinnen, aber auch an Italien. Manchmal hatte jemand in der

Mailänder WG verbotenerweise Focaccia mit Tomaten und Kräutern oder Ciabatta mitgebracht und sie hatten mit schlechtem Gewissen geschlemmt, wohl wissend, dass sie keine Weizenmehlprodukte zu sich nehmen sollten. Und das in Italien, der Heimat von Pizza und Pasta! Wieso nur hatte sie sich solche Genüsse verbieten lassen, von Menschen, die sie eiskalt vergessen würden, sobald das nächste frische, unverbrauchte, formbare Mädchen um die Ecke kam?

»Ich liebe Brötchen. Wo habt ihr die denn her, warst du schon beim Bäcker?«

»Ich nicht, aber meine Nachbarin geht jeden Morgen früh mit dem Hund raus und bringt mir welche mit.«

Nadine schnitt das Brötchen in zwei Hälften und legte die eine wieder zurück, bevor sie die andere mit Butter und Aprikosenmarmelade bestrich. Genießerisch schloss sie die Augen, während sie sich den ersten Bissen auf der Zunge zergehen ließ. »Wow, das ist wie Heimkommen.«

Malte beobachtete sie. »Die meisten Models, die ich kenne, ernähren sich von Luft und Drogen.«

Nadine warf einen schnellen Blick auf Finn, der in einem Schüsselchen mit Schokoflakes herummatschte. »Letztere stehen nicht auf meinem Speiseplan.«

»Vernünftig. Scheißteuer, das Zeug.«

»Ssshaisss«, verkündete Finn und überzog Nadine durch eine schwungvolle Löffelbewegung mit einem Milchregen, vermischt mit dem einen oder anderen Schokoflake.

Sie wischte sich mit der Hand die Schokoflakes aus dem Gesicht, während Malte mit einem Küchentuch auf ihrem Shirt herumzureiben begann. »Sorry, das macht er manchmal«, entschuldigte er sich, um gleich darauf innezuhalten. Genau dort, wo sich Fred befand. Sein Gesicht drückte Besorgnis aus. »Du, hier ist eine Stelle, die fühlt sich hart an. Geh damit mal lieber zum Arzt, nicht, dass das was Ernstes ist.«

»Das ist nicht Ernst, das ist Fred.«

Maltes Gesichtsausdruck wechselte von besorgt über verwirrt zu belustigt. »Fred?«

»Ja, Fred, Abkürzung von Frechdachs«, bestätigte Nadine. »Am Dienstag kommt er raus.«

Mit allem hatte sie gerechnet, nur nicht damit, dass Malte so lachen würde, dass er fast vom Küchenstuhl fiel. »Bekommt er denn wenigstens ein standesgemäßes Begräbnis?«

Daran hatte Nadine gar nicht gedacht. »Vermutlich in einer Petrischale. Er kommt ins Labor für den histologischen Befund.«

»Was für ein Ende.« Malte legte den Kopf schief. »Weißt du schon, wie lange du im Krankenhaus bist?«

»Ein paar Tage, warum?«

»Vielleicht kommen wir dich mal besuchen. Falls du uns Chaoten ertragen kannst.«

Ablenkung würden die beiden auf jeden Fall bringen. »Ruf am besten vorher an. Sonst kann es sein, dass ich euch direkt wieder rausschmeiße, je nachdem, wie ich drauf bin.«

Erst auf dem Weg zum Bahnhof fiel ihr auf, dass Malte, obwohl er von Fred erfahren hatte, sie genauso behandelte wie vorher. Keine Abscheu, keine Samthandschuhe. Einfach ganz normal.

*

»Na, hattest du eine schöne Nacht?«, fragte ihre Großmutter, als sie gegen Mittag am Ammersee auftauchte.

Nanu, ihre Großmutter spürte doch sonst immer alles? »Ganz okay, bin nur etwas steif … Hast du dir Sorgen gemacht? Das tut mir leid.« Nadine war es gar nicht einfallen, ihr Bescheid zu geben. Aber wie auch? Im Tempel gab es zwar ein Telefon, aber um die Uhrzeit, als sie völlig erschöpft auf Maltes Sofa eingeschlafen war, war dort normalerweise niemand mehr.

»Du musst deine eigenen Entscheidungen treffen. Nur so kannst du authentisch leben, das Leben, das du leben möchtest, nicht das, das die Gesellschaft dir vorschreibt«, sagte ihre Großmutter eindringlich, ergänzte dann aber noch: »Innerhalb gewisser legaler Grenzen, natürlich.«

»Ich war bei dem Fotografen, mit dem ich tagsüber gearbeitet habe, und habe auf seinen Sohn aufgepasst, weil er zu einem Termin musste. Dann bin ich auf seinem Sofa eingeschlafen und erst heute Morgen wieder aufgewacht.«

»Magst du ihn?«, fragte Johanna unverblümt.

»Er ist nicht unkompliziert«, antwortete Nadine vorsichtig. »Ich glaube, momentan haben wir beide so viele Probleme, dass wir gar nicht in der Lage wären, uns auf irgendjemanden einzulassen.«

Vielleicht war das auch besser so. Sie musste sich erst einmal um sich selbst kümmern, bevor sie sich um andere kümmern konnte.

»Jemand kommt nicht ohne Grund zu dir, ob nun ein Tumor oder ein Mensch«, sinnierte ihre Großmutter. »Überleg dir, ob du ihn nicht vielleicht sogar in dein Leben eingeladen hast.«

Hatte sie Fred tatsächlich unbewusst eingeladen, weil sie sich nach etwas ganz anderem sehnte? Aber wonach?

Alphonse hatte sie fallen gelassen, kaum dass er Fred ertastet hatte. Weil sie ihm nicht mehr perfekt genug war?

Ihren Job musste sie womöglich bald auch aufgeben. Es gab zwar Make-up, das Narben und Tattoos kaschierte, aber die wenigsten Kunden wollten sich diese Mühe machen. Der schöne Schein war in Wahrheit abgrundtief hässlich.

Wollte sie weiter in so einer Welt leben, einer Welt, die Menschen nur nach ihrem Äußeren, nicht nach ihren inneren Werten beurteilte? Die junge Menschen so formte, wie sie es für richtig hielt? Das Business war knallhart, wer sich nicht anpasste, war schnell weg vom Fenster.

Wollte Fred sie vielleicht vor dieser Enttäuschung schützen? Gerade im Modelbusiness waren die Grenzen zwischen professionellem und übergriffigem Verhalten schwammig, sexuelle Belästigungen häufig. Schaudernd erinnerte Nadine sich an den Fotografen in der Toskana, der Fred entdeckt hatte. Er hatte sie gar nicht als Person wahrgenommen, lediglich als ein Motiv, das er nach Belieben formen konnte.

Ganz anders als Malte, nachdem sie ihm erst einmal die Meinung gesagt hatte. So etwas hätte sie sich früher nie getraut.

Also war sie doch schon einen Schritt weitergekommen, oder etwa nicht?

*

Am Tag bevor Nadine ins Krankenhaus ging, vermeldete die Klatschpresse, dass Alphonse sich von seiner Verlobten getrennt hatte.

Nadine war erstaunt, wie kalt die Nachricht sie ließ. Sie fühlte nichts. Nicht nichts, weil alles in ihr leer gewesen wäre, sondern schlicht und ergreifend nichts. Als hätte die Presse von einem Fremden berichtet. Was Alphonse machte, interessierte sie nicht mehr.

Auch was die meisten ihrer Modelkolleginnen machten, interessierte sie plötzlich nicht mehr. Methodisch scrollte sie durch ihre Kontakte und löschte einen nach dem anderen. Der Großteil ihrer Social-Media-Accounts musste ebenfalls daran glauben. Wozu mit Menschen verbunden sein, die sie weder persönlich kannte noch kennenlernen wollte, die nicht an ihr als Mensch interessiert waren? Verschwendete Lebenszeit. Erst in Krisen merkte man, wer seine wahren Freunde waren, auf wen man sich verlassen konnte.

Als da wären: allenfalls ihre Großmutter. Sonst niemand.

Bisher hatte sie versucht, stark zu sein. Erst hatte sie Fred ignoriert, dann war sie wütend auf ihn geworden, hatte ihm die Schuld an ihrem verkorksten Leben gegeben.

Doch die Schuld daran, dass ihr Leben so war, wie es war, konnte sie niemandem geben außer sich selbst.

Die Tränen waren reinigend. Nadine ging ein letztes Mal in den Tempel, machte die Yogastunde mit, setzte sich vor das Bild von Erzengel Raphael und bat ihn um Heilung.

»Es ist nie zu spät«, sagte ihre Großmutter, als Nadine sich beim Abendessen beklagte, dass Raphael sie immer noch nicht geheilt habe.

»Wirklich? Warum sind du und meine Mutter dann immer noch zerstritten?«, entgegnete Nadine.

Ihre Großmutter seufzte. »Zur Vergebung gehören zwei. Ich habe deiner Mutter schon vor langer Zeit vergeben.«

Ich vergebe dir, Fred, schoss es Nadine durch den Kopf. Sie legte die Hand auf die Stelle, an der er sich befand. Unter ihren Fingerspitzen war er deutlich fühlbar. Wollte Fred ihr etwa nicht vergeben?

»Möchtest du, dass ich dich ins Krankenhaus begleite?«, fragte ihre Großmutter.

Nadine hielt das Angebot für reine Höflichkeit. »Nicht nötig, ich bin ein großes Mädchen.«

»Darum geht es nicht. Natürlich werden wir in Gedanken bei dir sein, aber zu wissen, dass jemand neben dir sitzt, wenn du aus der Narkose aufwachst, ist ein beruhigendes Gefühl.«

Anstatt sie zu beruhigen, war Nadine die Unterhaltung peinlich. »Ich schaffe das schon alleine.«

»Es ist nichts Schlimmes, um Hilfe zu bitten. Erlaube es dir, dir helfen zu lassen. Bitte um Hilfe, und sie wird dir zuteil.«

Doch Nadine kam nicht aus der Sackgasse, in die sie sich hineinmanövriert hatte. »Kein Problem. Es ist ja nur für ein paar Tage. Hast du noch irgendeinen Tipp für mich?«

Ihre Großmutter sah sie eindringlich an. »Glaube an deine eigene Kraft.«

*

Am Montagnachmittag führte eine Ärztin die letzten Untersuchungen durch. Unter Ultraschallsicht wurden zwei Drähte in Nadines linke Brust geschoben, die dem

Operateur am nächsten Tag Freds genaue Lage anzeigen würden.

Nadine hatte sich gegen eine örtliche Betäubung entschieden und war überrascht, dass es außer an der Einstichstelle kaum schmerzte. Hatte sie geglaubt, wenn sie Qualen litt, würde Fred verschwinden? Wie sie auf dem Ultraschallbild erkennen konnte, war er immer noch da, inzwischen etwa walnussgroß.

Die Ärztin erklärte ihr den voraussichtlichen Ablauf der Operation. Der Wächterknoten, der Lymphknoten, der dem Tumor am nächsten war, würde mit entfernt werden. Sollte dieser ebenfalls befallen sein, wäre eine zweite Operation ein paar Tage später notwendig.

»*Linfonodo*«, sagte Nadine leise. So schloss sich der Kreis. Am Anfang hatte sie Fred für einen Lymphknoten gehalten, und am Ende wurde ihr einer entfernt.

»Er heißt übrigens Fred«, sagte Nadine, als die Ärztin zum wiederholten Male von dem »Tumor« sprach.

Die Ärztin hielt inne. »Sie haben Ihrem Tumor einen Namen gegeben?«

Nadine nickte. »Ja, weil es ihn für mich irgendwie ... greifbarer macht?«

Die Ärztin erklärte sie nicht für verrückt. Stattdessen fragte sie sanft: »Sind Sie denn überhaupt schon bereit, sich von Fred zu trennen?«

Die unerwartete Einfühlsamkeit verwirrte Nadine. Bisher hatte sie die Erfahrung gemacht, dass Ärzte versuchten, die Patienten innerhalb einer vorgesehenen Zeit abzufertigen. Das Menschliche blieb oft auf der Strecke.

Vor allem aber erschreckte sie die Frage. Bisher hatte sie Fred für einen Störenfried gehalten, der sie an ihrem Leben hinderte. Die Auffassung, dass sie ihn – egal wie oft sie betont hatte, dass sie ihn loswerden wollte – vielleicht sogar unbewusst festhielt, war mehr als beängstigend.

»Denken Sie in Ruhe darüber nach«, empfahl die Ärztin. »Der OP-Termin morgen früh steht in jedem Fall.«

Verunsichert zog Nadine sich wieder an. Die Drähte machten sich allmählich unangenehm bemerkbar. Dagegen hatte Fred sich harmlos angefühlt.

Obwohl sie nicht religiös war, suchte sie die Krankenhauskapelle auf. Die Atmosphäre wirkte jedoch bedrückend, deshalb verließ sie den Raum schnell.

Schließlich fand sie draußen den Streifen Rasen, auf dem sie schon beim letzten Mal gesessen hatte. Das Verbotsschild erneut ignorierend, legte sie sich auf den Rasen und schaute in den Himmel.

Unter sich spürte sie den Erdboden. Etwas krabbelte über ihren linken Arm und kitzelte sie. Eine Ameise vielleicht oder eine Fliege. Nadine wischte sie weg und versuchte, sich auf sich und auf Fred zu konzentrieren.

Was war Fred für sie?

Er war der Frechdachs, der ihr Leben durcheinanderbrachte, der sie von dem abhielt, was sie tun wollte.

Aber was wollte sie tun?

Fred hatte sich in ihr Leben gedrängt, sie zum Innehalten und zum Nachdenken gezwungen. Er hatte ihr klar gemacht, dass es so, wie es bisher gelaufen war, nicht weitergehen konnte.

Bei all ihren Meditationen war sie noch nicht dazu gekommen, sich zu fragen, was sie wollte. Es war immer nur um Fred gegangen.

Sie hatte ihrem Tumor so viel Aufmerksamkeit geschenkt, damit sie nicht über etwas viel Wichtigeres nachdenken musste: sich selbst.

Die Erkenntnis hätte sie umgehauen, hätte sie nicht längst gelegen.

Sie hatte das Leben, das ihr geschenkt worden war, immer als Bürde, als Kampf betrachtet, verzweifelt nach dem nächsten Mann, dem nächsten Modeljob Ausschau gehalten, Angst gehabt, etwas zu verpassen.

Dabei hätte sie fast ihr Leben verpasst.

War es das, was Fred ihr mitteilen wollte?

»Danke, dass du da warst, Fred«, flüsterte sie. »Ich habe verstanden. Jetzt brauche ich dich nicht mehr.«

Sie schloss die Augen, fühlte das Gras unter sich und die Strahlen der Abendsonne auf sich.

Bist du sicher, dass du mich nicht vermissen wirst?

Diese Frage, ausgerechnet jetzt, kurz bevor Fred mit einem Skalpell aus ihr herausgeschnitten werden sollte?

Nadine erschien es plötzlich sehr wichtig, ihm eine ernsthafte Antwort zu geben.

Nein, antwortete sie ihm in Gedanken. Ich habe ja immer noch meine Erinnerung an dich.

*

Am Morgen der Operation war Fred immer noch da. Zumindest fühlte es sich an wie Fred. Keine Spontanheilung, keine Ausflüchte.

»Wir versuchen, brusterhaltend zu operieren«, sagte der Arzt nach einem kurzen Blick in ihre Krankenakte.

Nadine wünschte sich die Ärztin vom Vortag herbei, die gefragt hatte, ob sie bereit sei, sich von Fred zu trennen. Ihr hätte sie gesagt, dass sie mehr als bereit sei, sich von ihm zu trennen, dass die Ärztin Fred haben könne, sie brauche ihn nicht mehr.

Stattdessen schwieg sie. Als die Vollnarkose eingeleitet wurde, galt ihr letzter Gedanke Fred. Sie fragte sich, wer von ihnen gerade wen im Stich ließ.

*

Mühsam öffnete Nadine die Augen und tastete nach ihrer linken Brust, die mit einem Verband bedeckt war.

Zumindest war ihre Brust noch da, soweit sie das durch den Verband beurteilen konnte. Trotzdem schossen ihr die Tränen in die Augen.

»Die Operation ist gut verlaufen«, beruhigte sie die Krankenpflegerin im Aufwachraum und verkündete, dass sie gleich in ihr Zimmer zurückgebracht werden würde. »Sollen wir irgendjemanden anrufen und Bescheid sagen?«

»Nein, danke«, krächzte Nadine. Ihre Großmutter hatte immer noch kein Telefon, und im Tempel anrufen und eine Nachricht durchgeben lassen, wollte sie nicht. Sie selbst konnte noch nicht richtig sprechen, und auch das schlucken fiel ihr schwer. Immerhin versuchte sie, ihrer Großmutter mental eine Nachricht zu senden, dass es ihr gut ging.

Als sie das nächste Mal aufwachte, war sie wieder auf ihrem Krankenhauszimmer. Neben ihr stand ein Tropf. Daneben saß ihre Großmutter.

Selten hatte Nadine sich so gefreut, einen anderen Menschen zu sehen. »Johanna!«

»Josef ist draußen auf dem Flur. Wir wollten dich nicht gleich zu zweit überfallen, siehst noch etwas mitgenommen aus.«

Genau so fühlte sie sich auch. Die Mischung aus Schmerzen und Schmerzmitteln wirkte betäubend.

Ihre Großmutter verabschiedete sich nach wenigen Minuten, nicht ohne anzukündigen, dass sie am nächsten Tag wiederkommen würde. »Soll ich deiner Mutter Bescheid geben? Sie könnte dich ruhig auch mal besuchen.«

»Danke, aber meine Mutter ist so ziemlich der letzte Mensch, den ich in meiner Verfassung sehen will.« Gleich nach ihrem Vater.

*

Am nächsten Tag zur Visite erschien der Operateur in Begleitung der Ärztin, die sie gefragt hatte, ob sie sicher sei, dass sie sich von Fred trennen wolle.

»Die Operation ist gut verlaufen«, begann der Arzt. »Wir haben den Tumor und den Wächterknoten entfernt. In ein paar Tagen bekommen wir den histologischen Befund. Allerdings …« Er räusperte sich und sah sie ernst an.

Nadine rutschte das Herz ein paar Zentimeter tiefer. »Ja …?«

»Allerdings war der Tumor deutlich kleiner, als wir nach den Ultraschalluntersuchungen erwartet hätten. Gerade einmal erbsengroß.«

Eine Erbse, so wie zu Anfang? Sie hatte doch gefühlt, wie Fred gewachsen war, von Erbse über Haselnuss und Kirsche zu Walnuss. Sogar das Ultraschallbild hatte es bestätigt.

Nadines Blick ging zwischen den beiden Ärzten hin und her. »Wie ist das möglich?«

»Tja, eigentlich ist so etwas nicht möglich. Entweder haben wir uns vermessen, was das Wahrscheinlichste ist, oder Ihr Tumor ist über Nacht geschrumpft. Aber so ein Fall kommt vielleicht einmal in einer Million vor.«

Vielleicht war sie ja gerade dieser Einzelfall, etwas Besonderes, überlegte Nadine, nachdem die beiden gegangen waren. Die Ärztin hatte ihr beim Hinausgehen zugezwinkert und gelächelt, fast so, als teilten sie ein Geheimnis oder einen Witz miteinander.

Fred hatte definitiv Humor. Nadine war sich sicher, dass er ihr etwas hatte sagen wollen. Er war nicht komplett verschwunden, sondern auf das Maß geschrumpft, als sie ihn das erste Mal wahrgenommen hatte. *Bist du sicher, dass du mich nicht vermissen wirst?*, hatte er sie gefragt.

Er hatte ihr das Versprechen ins Gedächtnis gerufen, dass sie sich immer an ihn erinnern würde. Vielleicht war die Operation notwendig gewesen, um eine körperlich bleibende Erinnerung zu hinterlassen?

*

Ihre Großmutter und Josef sowie Malte und Finn besuchten sie in den nächsten Tagen.

»Scheiße siehst du aus, bist ja ganz bleich«, begrüßte Malte sie, während Finn so lange an ihrem Krankenbett ruckelte, bis sich die Bremsen lösten und es gegen die Wand stieß. Die Erschütterung bekam Nadine zwar nicht gut, aber da alle anderen im Zimmer inklusive ihrer Bettnachbarin sich vor Lachen kaum halten konnten, lachte sie schließlich mit, obwohl die Operationsnarbe dabei noch mehr schmerzte.

Der histologische Befund ergab, dass der Tumor komplett entfernt worden und nicht so aggressiv gewesen war, wie die Ergebnisse der Stanzbiopsie hatten vermuten lassen. Ihre Großmutter war von dieser Diagnose wenig überrascht, genauso wenig wie davon, dass Fred geschrumpft war.

In die Strahlentherapie willigte Nadine ein, da sich diese Behandlung für sie stimmig anfühlte. Sie würde beginnen, sobald die Operationsnarbe verheilt war, frühestens jedoch in drei Wochen. Die Schmerzen im linken Arm, bedingt durch die Entfernung des Tumors und des Lymphknotens, würden voraussichtlich noch ein paar Wochen andauern, aber sie würde keine bleibenden Schäden zurückbehalten.

Eine Narbe zählte nicht als Schaden, sondern höchstens als Schönheitsmakel.

Nachdem man sie entlassen hatte, fuhr Nadine in Begleitung ihrer Großmutter nach Herrsching. In den nächsten Tagen sollte sie sich schonen.

Fred war weg, aber an seine Stelle trat Leere. Diese Leere in ihr wuchs und wuchs, bis sie sich zu einer Erkenntnis verdichtete.

Hatte sie Fred etwa gebraucht, damit er die Leere ausfüllte, die sie unbewusst verspürt hatte?

Was bedeutete es dann, dass er jetzt weg war?

Leben

Love it, change it or leave it. Diesen Spruch hatte Nadine oft gehört, ohne sich wirklich Gedanken über seine Bedeutung zu machen.

Jetzt hatte sie Zeit, darüber nachzudenken. Sie hatte Fred gebraucht, um zu erkennen, dass sie ihr bisheriges Leben nicht geliebt hatte. So wie es aussah, würde sie in absehbarer Zeit noch nicht sterben. Also musste sie etwas verändern. Sie wollte sich nicht länger durch die Angst vorm Leben oder Sterben vom Leben abhalten lassen.

Für die Bestrahlungstherapie musste sie täglich nach München. Ihre Großmutter sandte ihr jedes Mal Reiki per Fernanwendung, damit ihr Energiehaushalt sich schnell normalisierte. Nadine war zwar öfters müde, aber längst nicht so erschöpft, wie sie befürchtet hatte.

Da Malte immer noch keinen Ersatzbabysitter gefunden hatte, sprang sie ein, wenn er Aufträge hatte. An manchen Tagen ging sie einfach so vorbei, und sie unternahmen etwas mit Finn: machten ein Picknick im Park, besuchten den Zoo, einen Abenteuerspielplatz oder ein Kindertheater. Ein paarmal, als es später geworden war und sie am nächsten Morgen früh auf Finn aufpassen musste, blieb Nadine über Nacht und schlief auf dem Sofa.

Außerdem nahm sie Kontakt zu ehemaligen Freundinnen und Freunden auf und traf sich mit denen, die den Sommer in München verbrachten. Mit einigen gab es tatsächlich keine Gemeinsamkeiten mehr, andere waren ihr fremd geworden, aber es blieben genug übrig, mit denen sie in Kontakt bleiben wollte. Mit zweien verabredete sie sich regelmäßig zum Sport.

Ihre ehemals beste Freundin Regina hatte nach dem Abitur eine Lehre als Immobilienkauffrau angefangen. »Kein Traumberuf, letztendlich bin ich nur eine Verkäuferin, aber immerhin, wir verkaufen Träume und bleibende Werte«, sagte sie fast verlegen.

Nadine erkannte Parallelen zum Modelberuf, in dem es eigentlich auch ums Verkaufen ging. Ob sie eine Ausbildung im Einzelhandel machen sollte, vielleicht in einem Modegeschäft? Dann könnte sie später eine eigene Boutique führen, irgendwo auf der Welt.

Modeln war nur ein Job auf Zeit, das war ihr von Anfang an bewusst gewesen. Nach ein paar Jahren hätte sie sich sowieso umorientieren müssen. Viele ehemalige Models wechselten in eine Modelagentur, wurden Schauspielerinnen oder Designerinnen oder arbeiteten hinter der Kamera. Auch reich zu heiraten und sich gegebenenfalls nach einigen Jahren lukrativ scheiden zu lassen, war das erklärte Ziel vieler ihrer Kolleginnen gewesen.

Nadine hatte gedacht, dass auch sie eines Tages etwas finden würde, was sie interessierte. Doch noch fehlte ihr diese Inspiration.

*

»Wie bist du eigentlich dazu gekommen, Fotograf zu werden?«, fragte sie Malte, als sie eines Abends bei ihm saßen. Finn war schon im Bett. Nadine hatte Schmerzen, Fred-Schmerzen, wie sie sie nannte. Die Narbe war zwar gut verheilt, aber die Bestrahlung schädigte das umliegende Gewebe. Trotzdem wollte sie die Therapie bis zum Ende durchziehen.

Malte griff ganz oben in den Wohnzimmerschrank und holte ein kleines, in Zeitungspapier eingewickeltes Päckchen hervor.

Nadine hatte einen besonderen Inhalt und eine bewegende Story erwartet. Stattdessen befand sich in dem Päckchen Marihuana.

Malte mahlte die Blüte, vermischte sie mit Tabak und rollte einen Joint.

Unschlüssig betrachtete Nadine die illegale Versuchung. Hatte Malte sich nicht erst vor Kurzem abfällig über den Drogenkonsum von Models geäußert?

»Ich habe noch nie Drogen genommen. Du verlangst doch nicht etwa ernsthaft von mir, dass ich jetzt damit anfange?«

»Zugegeben, das hier ist kein medizinisches Cannabis, aber viele Krebspatienten schwören drauf.«

»Als Medizin?«

»Es gibt meines Wissens keine Studien, in denen nachgewiesen werden konnte, dass Cannabis Krebs heilt. Aber es gibt viele Berichte von Betroffenen, deren Schmerzen es lindert und die dadurch eine bessere Lebensqualität haben.« Er steckte den Joint an, nahm einen Zug und legte ihn dann auf einen Aschenbecher zwischen sie. »Entscheide selbst.«

Sie hatte lange Zeit gedacht, eine relativ gesunde Lebensweise zu führen, und war trotzdem an Krebs erkrankt. Das bedeutete im Umkehrschluss natürlich nicht, dass sie jetzt ungesund leben wollte. Aber vielleicht war es an der Zeit, dass sie sich ab und zu etwas gönnte oder etwas Neues ausprobierte? Ein bisschen über die

Stränge zu schlagen war bestimmt gesünder als zu jammern.

Nadine griff nach dem Joint und nahm einen vorsichtigen Zug. Da sie nie geraucht hatte, war sie nicht auf das beißende Kratzen im Hals gefasst und musste prompt husten. »Das ist ja widerlich!«

Malte lachte. »Zumindest kannst du jetzt sagen, dass du es mal probiert hast.«

Zögernd nahm Nadine einen zweiten Zug. Diesmal gelang es ihr, den Hustenreiz zu unterdrücken. Langsam breitete sich ein angenehmes Gefühl der Entspannung in ihr aus. Der Schmerz war zwar nicht weg, aber sie war zumindest abgelenkt. Trotzdem überließ sie Malte den Rest des Joints.

»Du wolltest wissen, wieso ich Fotograf geworden bin?«, griff Malte die unterbrochene Unterhaltung auf. »In der Schule habe ich viel gezeichnet und gemalt, galt als künstlerisch begabt. Aber ich hatte keine Lust auf ein trockenes Kunst- oder ein anspruchsvolles Designstudium. Ein Fotografie-Studium schien mir ein guter Kompromiss, und ich konnte währenddessen schon Geld verdienen. In Kiel gab's das nicht, also bin ich nach München gegangen. Ursprünglich wollte ich nach dem Bachelor auch meinen Master machen, aber dann kam Finn dazwischen.«

»Was habt ihr im Studium denn so gemacht?«, fragte Nadine mit echtem Interesse.

»Auf jeden Fall nicht nur Fotos, sondern auch viel Theorie, Konzeptentwicklung und Technik. Fotografieren bedeutet, durch Bilder Botschaften zu vermitteln. Du kannst mit Fotos Emotionen erzeugen und manipulieren.«

Das tat Werbung auch, überlegte Nadine. Ihre Berufe waren sich gar nicht so unähnlich, abgesehen davon, dass sie vor und er hinter der Kamera stand. »Welche Voraussetzungen braucht man denn dafür?«

»In der Regel die Fachhochschulreife, ein entsprechendes mehrmonatiges Praktikum und eine Bewerbungsmappe. Das ist aber je nach Hochschule unterschiedlich.«

»Klingt hart.«

»Ja. Ich hatte das Glück, dass meine Eltern mich unterstützt haben, sodass ich mir zwischen Abi und Studienbeginn ein Jahr Zeit lassen konnte, um zu reisen, das Praktikum zu machen und in Ruhe meine Mappe vorzubereiten. Parallel zur Schule hätte ich das nicht geschafft, ich war ein ziemlich fauler Schüler und habe auch nicht rechtzeitig mit der Bewerbung angefangen.«

Dann wäre es für einen Studienbeginn in diesem Herbst schon zu spät. »Gibt es auch andere Wege?«

»Na ja, Fotograf ist keine geschützte Berufsbezeichnung. Aber die meisten Professionellen, die damit Geld verdienen, haben es von der Pike auf gelernt. Du kannst auch eine Ausbildung machen.«

»Wo genau ist denn der Unterschied zwischen einem Studium und einer Ausbildung?«

»Während des Studiums zahlst du, während der Ausbildung verdienst du.« Malte grinste breit.

Nadine war sich nicht sicher, ob das Grinsen seiner Aussage oder seinem Marihuanakonsum geschuldet war. »Sonst noch was?«

»Letztendlich geht es auch für Fotografen mit einer Berufsausbildung darum, ein Motiv optimal in Szene zu setzen. Viele haben ein eigenes Atelier und fotografieren vorwiegend Menschen, beispielsweise auf Hochzeiten, für

Familienbilder oder Bewerbungsfotos. Dazu kommt bei ihnen noch die Bildbearbeitung. Ihre Auftraggeber sind eher Privatleute als Unternehmen, wobei das im Einzelfall natürlich anders sein kann.«

Ob das etwas für sie sein mochte? Sie wollte einen Job, der ihr Spaß machte und für den sie Talent hatte. Vielleicht auch einen, bei dem sie reisen konnte. Alles andere wäre auf Dauer Quälerei und würde sie möglicherweise wieder krank machen. Einmal Fred reichte ihr.

Fotografen hatten sie ins rechte Licht gerückt wie einen Gegenstand. Ihre Großmutter war Lichtarbeiterin, Malte Lichtbildner und sie war in der Schule nicht gerade eine Leuchte gewesen. Irgendwann würde sie hoffentlich das Licht im Leben eines Mannes sein. Nadine lachte. Der Humor der geistigen Welt erstaunte sie immer wieder.

»Weißt du, welche Voraussetzungen man für die Ausbildung erfüllen muss?«

»Das ist eine handwerkliche Berufsausbildung, da reicht je nach Ausbildungsbetrieb ein Hauptschulabschluss oder mittlere Reife. Talent zur Bildgestaltung und Interesse am Umgang mit Menschen solltest du natürlich mitbringen.«

»Sprichst du mir das etwa ab?«

»Nee, so meinte ich das nicht. Aber manche Ausbilder sind echt knallhart. Ich kenne einen Fotografen, der hat heute alle angeschrien, weil seine Azubine kurzfristig abgesagt hat. Sie wollte doch lieber eine kaufmännische Ausbildung machen. Jetzt ist er sauer, weil sein Ausbildungsplatz für dieses Jahr unbesetzt bleibt.«

Nadine überlegte einen Moment. »Wie ist der denn so?«, fragte sie vorsichtig. Malte hatte schließlich auch oft genug seinen Frust an ihr ausgelassen. Seit sie auf Finn aufpasste, war er etwas ausgeglichener, aber sobald er im Stress war, fiel er schnell in alte Muster zurück.

»Ehrlich gesagt etwas schwierig«, gab Malte offen zu. »Er ist dafür bekannt, ab und zu mal rumzupoltern. Aber im Grunde genommen hat er ein gutes Herz. Muss sich halt manchmal ein bisschen abreagieren. Damit kommt nicht jeder klar.«

Würde sie damit klarkommen? Vor einigen Wochen hätte sie die Frage verneint. Inzwischen wollte sie es zumindest darauf ankommen lassen. »Glaubst du, ich könnte mich noch bei ihm bewerben?«

Anstatt einer Antwort drückte Malte ihr sein Telefon in die Hand. »Ruf ihn an und frag.«

»Jetzt? Um diese Uhrzeit? Bekifft?«

»Was hast du zu verlieren?«

Also rief Nadine den Fotografen an und vereinbarte für den nächsten Nachmittag einen Vorstellungstermin mit ihm. Glücklicherweise hatte sie ihre Zeugnisse eingescannt, sodass sie sie nur auszudrucken brauchte.

Malte half ihr mit ihrem Lebenslauf und begleitete sie zum Atelier. Er und Finn wollten in einem Eiscafé um die Ecke auf sie warten.

Von den vielen Castings und Go-Sees war Nadine einiges gewohnt und ließ sich nicht so leicht verunsichern. Neben den fachlichen Dingen sprach sie mit dem Fotografen offen über ihre Erkrankung und machte direkt klar, dass sie nicht schon im August, sondern erst ab September mit der Ausbildung anfangen konnte, wenn ihre Bestrahlungen vorbei waren. Außerdem würde sie im Herbst noch einmal wegen einer dreiwöchigen Rehamaßnahme ausfallen. Zudem verursachte ihr schwere körperliche Belastung momentan noch Schmerzen.

Trotzdem entschied der Fotograf, dass er das Risiko eingehen würde, sie als Auszubildende einzustellen. »Ist ja nicht so, als ob andere Menschen kein Handicap hätten, und du sagst ja, dass deins vorübergehen wird. So wissen wir beide, woran wir sind. Viel besser, als sich hinter meinem Rücken einen anderen Job zu suchen und mich hängen zu lassen.«

Den Ausbildungsvertrag wollte er ihr in den nächsten Tagen zuschicken. Dass sie sich als Auszubildende nicht länger selbst krankenversichern musste, war ein netter Nebenaspekt. Nach kurzem Zögern gab Nadine die Adresse ihrer Großmutter an, wohl wissend, dass sie sich in München ein eigenes Zimmer würde suchen müssen.

Nachdem sie mit Malte und Finn bei einem Eisbecher gefeiert hatte, rief sie Regina an. »Sag mal, habt ihr eventuell ein klitzekleines Appartement in München, das man sich mit einem Azubigehalt leisten kann?«

»Ja, haben wir«, entgegnete Regina zu ihrer Überraschung prompt. »Ein Investor realisiert gerade ein neues Bauvorhaben, eine Art Wohnheim. Die Zielgruppe ist eine Mischung aus Studenten, Praktikanten, Auszubildenden und Young Professionals. Komplett eingerichtete, bezugsfertige Appartements mit Mini-Küchenzeile, eigenem Bad, WLAN und allem Drum und Dran. Zwar sehr klein, aber dafür gibt es im Gebäude diverse Gemeinschaftsräume: einen Fitnessraum, einen Fernsehraum, Socialising-Ecken …«

Das klang zu gut, um wahr zu sein. »Wo ist der Haken?«

»Sie sind erst Anfang Oktober bezugsfertig, du darfst nicht älter als dreißig sein und der Mietvertrag läuft über mindestens ein Jahr.«

Kein Haken, entschied Nadine. »Was muss ich machen, um an so ein Appartement zu kommen?«

Regina lachte. »Mit mir einen Kaffee trinken und mir erzählen, wieso du jetzt auch eine Ausbildung machst. Leider kaufst du ein bisschen die Katze im Sack, da man das Gebäude noch nicht besichtigen kann, aber sie haben ein virtuelles Musterappartement, das ich dir zeigen kann. Danach sehen wir weiter.«

»Super.« Nadine zögerte. »Wegen deiner Provision …«

»Mach dir keine Sorgen, wir sind der exklusive Makler, für unsere Kunden ist das provisionsfrei. Falls du allerdings mal ein Model für -«, nun druckste Regina herum, »erotische Fotos brauchst, also ästhetische Bilder, keinen Schmuddelkram, das wollte ich immer schon mal ausprobieren aber sooo viel verdiene ich während der Ausbildung ja auch noch nicht …«

»Das kriegen wir bestimmt hin.« Geben und Nehmen. Instant Karma.

Ihre Agentur führte sie weiterhin in der Kartei, obwohl Selina nicht begeistert war, dass sie keine Bademoden- und Unterwäschekampagnen mehr machen wollte, zeitlich nicht mehr so flexibel war und auch nicht nach Mailand zurückgehen würde. Aber selbst wenn sie nur ein paar Aufträge im Jahr bekäme, wäre das ein willkommenes Zubrot. Außerdem gelegentlich ein privates Fotoshooting, bei dem sie hinter anstatt vor der Kamera stünde, und sie käme über die Runden. Vielleicht könnte sie später noch studieren, wenn sie es wollte.

Nach und nach lösten sich all ihre Probleme in Wohlgefallen auf. Sie war so in ihnen gefangen gewesen, dass sie Lösungen gar nicht gesehen hatte. Erst jetzt, wo sie vieles einfach auf sich zukommen ließ, flogen ihr die Möglichkeiten wie von selbst zu.

Für den September bot Malte ihr sein Schlafsofa an. Das würde ihr einiges an Pendelei ersparen, bis ihr Appartement bezugsfertig war. Möbel besaß sie sowieso keine, sodass ihr Umzug mit einer Autotour erledigt sein sollte. Ihr Zimmer in Mailand hatte sie schon vor Monaten gekündigt, und die wenigen Sachen, die sie dort zurückgelassen hatte, vermisste sie nicht.

Wenn sie erst einmal in ihr neues Appartement eingezogen war, würde sie ihrer Mutter die Adresse geben. Was sie dann beide daraus machten, würde sich ergeben.

Auch das Problem mit einem Babysitter für Finn löste sich: Die Nachbarin, die jeden Morgen Brötchen vorbeibrachte, eine nette Rentnerin Ende siebzig, bot an, Finn vom Kindergarten abzuholen und auf ihn aufzupassen, wenn Malte arbeiten musste. »Ich habe selber sieben Enkel, um die ich mich öfters kümmere.«

Bis ihre Ausbildung begann, lebte Nadine weiterhin bei ihrer Großmutter. Inzwischen hatte sie Malte und Finn so oft vom Ammersee vorgeschwärmt, dass die beiden irgendwann zu Besuch kamen. Finn klaute Äpfel vom Baum des Nachbarn, zerbrach ein Glas auf den Steinfliesen und fiel beim Spielen in den Ammersee. Malte und Nadine sprangen gleichzeitig in Klamotten hinterher, doch da der See an der Stelle weniger als einen Meter tief war, stellte sich ihr dramatischer Rettungseinsatz schnell als überflüssig heraus. Tropfnass und lachend kamen sie bei Johanna an, die mitlachte und meinte, bei dem Wetter würden sie schnell trocknen. »Wozu sich aufregen? Verschwendete Energie. Die hebe ich mir doch lieber für Wichtigeres auf. Solange ihr euer Leben genießt, ist doch alles in Ordnung.«

Ihre Großmutter war wirklich ganz anders als ihre Eltern, dachte Nadine nicht zum ersten Mal. »Danke, Johanna, dass du bist, wie du bist.«

»Lohnt sich doch nicht, sich zu verbiegen. Davon wird man nur krank.« Sie musterte Nadine kritisch. »Ich bin froh, dass die Schatten aus deiner Aura verschwunden sind. Sie ist zwar noch etwas dünn, aber das kriegen wir schon wieder hin.«

Wenn Johanna das sagte, dann zweifelte Nadine nicht daran. Bisher war sie Malte gegenüber sehr zurückhaltend gewesen, was die Spiritualität ihrer Großmutter betraf, aber vielleicht würde sie ihn und Finn bei ihrem nächsten Besuch in den Tempel mitnehmen, damit sie den Ort selbst erleben konnten.

»Schon ein Schnuckelchen, dieser Malte«, stellte ihre Großmutter fest, während Nadine ihr in der Küche half, einen Obstsalat zuzubereiten. »Ist eure Beziehung immer noch kompliziert, oder wird das allmählich was mit euch beiden?«

»Wir werden sehen. Kompliziert muss ja nichts Schlechtes bedeuten, das kann ja auch interessant sein.« Trotzdem war sie froh, dass sie bald ihre eigene Wohnung haben und neue Menschen kennenlernen würde.

»Das Leben stellt dir die richtigen Aufgaben zur richtigen Zeit.«

Nadine leckte sich die Finger ab, die vom Entsteinen der Kirschen dunkelrot waren. Waren Alphonse, Fred, Malte und Finn Aufgaben gewesen, die das Leben ihr gestellt hatte?

*

An ihrem ersten Arbeitstag als Auszubildende fiel es Nadine noch schwer, sich zu konzentrieren. Ihr linker Arm schmerzte schon nach wenigen Stunden, ihr Chef schnauzte sie an und zwei Kunden reagierten pikiert, weil sie Fehler machte. Aber als sie am Ende des Tages nicht gefeuert wurde, sondern ihr Chef sie mit den Worten »Sie haben mich heute sehr beeindruckt, das wird schon noch.« in den Feierabend verabschiedete, hätte sie die ganze Welt umarmen können. Sie wollte gar nicht perfekt sein, aber es war schön, Anerkennung zu bekommen.

Jeden Morgen, wenn sie in den Spiegel schaute und die Narbe sah, die sie an Fred erinnerte, war sie dankbar, zu leben. Einfach nur zu leben. Vielleicht ein kleines, bedeutungsloses Leben, aber ihr Leben.

*

Kaum war ihre Haut nach der Bestrahlung verheilt, suchte Nadine ein Tattoo-Studio auf, das ihr empfohlen worden war.

»›Ein Sommer mit Fred‹?«, fragte der Tätowierer zweimal nach, als habe er nicht richtig gehört.

»Genau«, antwortete Nadine fest. »Schwarzer Text um eine pinkfarbene Schleife herum. In der Farbe meiner Handtasche. Genau hier.« Sie zeigte auf die Stelle in der Nähe ihres Herzens, wo sich die Narbe befand. Ironie des Schicksals, dass die Tasche, die sie in Paris gekauft hatte, genau dieselbe Farbe hatte wie das internationale Symbol der Brustkrebserkrankung.

»Geht mich ja nichts an, aber wenn der Kerl wieder weg ist, bleibt das Tattoo.«

Nadine lächelte. »Der Kerl ist schon weg, und das ist auch gut so. Aber genau deshalb will ich dieses Tattoo, um mich an ihn zu erinnern.«